바람은 빈 술병속에서도 운다

바람은
빈 술병속에서도
운다

배 정 록

도서
출판 답게

사랑아
사랑하며 살자.
하늘땅이 하나 되고
다시 둘이 된다 해도

보듬고
안아주고
무조건 편 돼주며
사랑아
내 사랑아
사랑하다 별이 되자.

목 차

바람은 빈 술병속에서도 운다

회상

수건으로 코와 입을 가렸지만 최루가스의 고통을 막을 수는 없었다. 콧물과 눈물을 흘리며 넘어지기를 반복했다. 전경들 사이에 있던 백골단이 움직이기 시작할 때 여자 홀로 앞에 선 명숙은 백골단의 표적이 되었다.

지하인지 지상인지 분간할 수가 없다. 빛이라곤 천정 가운데에 있는 등 하나가 전부, 한쪽엔 욕조가 있고 그 앞엔 천정에 매달린 쇠사슬, 벽은 칠이 돼 있지 않는 시멘트 그 자체이다. 수갑을 찬 명숙의 주위로 세 명의 사내가 있다. 한 사람은 앉았고 두 사람은 서 있는데 흰색 와이셔츠에 멜빵 달린 옷, 세 명의 옷차림이 모두 같다.

"이명숙!"

"……"

"김익호 알아 몰라?"

모르는 이름이다. 그녀와 함께 활동한 사람 중엔 김익호라곤 없다.

명숙은 고개를 가로저었다.

"당연히 모르겠지. 그런데 말이야 김익호가 자백했어. 민족연맹학생총회와 내통했다고"

민족연맹학생총회는 또 무엇인가. 자신과는 무관한 곳 존재만 알았지 접선조차 해보지 않은 곳이다. 김익호는 북한 간첩 장세만과 더불어 남조선구국결사대에 반 이념적 인사와 학생들을 포섭하여 조직원으로 만드는 것이 주 임무인 자였다. 민족총연맹학생회는 그와는 달리 남측 학생운동권이 주축이 되어 조직한 단체로 남북통일과 사회평등을 내세우며 활동해오다 1980년대에 북측 인사와 접촉한 사실이 발각되며 와해되었다가 총학생회장 조만호에 의해 재건된 것이었다. 그러나 민족연과 연계된 학생회가 얼마나 되고 누가 가담하고 있는지는 운동권이라 할지라도 쉽게 알 수 있는 일이 아니었다. 극소수의 사람만이 아주 제한적이고도 음성적으로 활동했기 때문인데 앞에 앉은 사내가 김익호를 아냐며 묻는 것이었다.

"주동자가 누구야?"

사내의 얼굴엔 표정이 없다. 낮지만 음산함이 가득한 오랜 경험이 그대로 묻어나는 목소리다. 명숙은 생각했다. 관계가 없으니 풀려날 것이라고, 설마 말도 되지 않는 고문으로 거짓 진술을 받아내기야 하겠냐며 마음을 추슬렀다.

"첨 듣는 이름입니다."

"김익호가 자백했다는데도 첨 듣는다!"

"저는 김익호라는 이름 첨 듣습니다."

"첨이라....... 근데 왜 나왔어? 국가 전복하려 나온 거 아니야?"

사내가 파일을 책상에 던지며 의자에 기댔다.

"좌파들이 하는 짓거리는 변함이 없어. 나라니 민주주의니 하며 떠들어 대지만 결국엔 북한과 동조해 나라를 뒤집겠다는 거지. 배에 기름기가 차다 보니 국가의 소중함도 모르고 어물전 꼴뚜기 마냥 함부로 날뛰는데 그러다 골로 간 놈들이 몇 명인지나 알아?"

6월항쟁으로 직선제를 이루어냈다. 하지만 야권 분열로 군부세력이 집권을 했고 이제 한 사람이 그들과 손을 잡겠다고 한다. 척결하지 못한 무리, 남북통일엔 관심조차 없는 이들, 그들에게 북은 권력 연장의 수단일 뿐이다. 반으로 나뉜 것도 모자라 동서대립의 쐐기를 박겠다는 사람, 그것에 대한 항의를 두고 국가전복이라 한다는 것 대체 어느 나라의 말인가.

회장인 재호와 부회장인 호기, 그리고 명숙.

재호의 몸은 연체동물과 같다. 얼마나 마셔댄 것일까. 팽팽하게 부어오른 배, 흐느적거리는 몸, 몽둥이질이 시작돼도 신음조차 못 낸다.

"자백합니다. 제가 김익호와 접선했습니다."

소금물에 적셔진 붕대, 전기가 호기의 몸을 괴롭힌다. 정신이 아찔해지며 몸이 떨려오다 어느새 나무처럼 뻣뻣하게....... 발정난 돼지마냥 거품을 물게 한다.

명숙이 보고 싶었다. 시위현장에서 헤어진 후 한 번도 보지 못한 사람, 옥상으로 올라와 얘길 걸어주던 네 살 연상의 여인, 아카시아 향, 단발머리, 왼 볼의 보조개, 하지만 명숙은 가을이 돼서야 나를 찾고 있었다. 아르바이트를 시작한 지 열흘, 옥상으로 오르는 계단의 끝, 열일곱 그해 봄이었다. 재호와 학생운동을 하던 그녀는 친구들과 함께 재호를 찾곤 했는데 그 집 옥상에 나의 방이 있었다. 소나기 속의 소녀를 연상케 한 모습이 그녀의 첫인상이었지만 입에서 나온 말은 당당함 그 자체였다.

　"이명숙이에요. 재호 선배한테 얘기 많이 들었어요. 사회문제에 관심이 많다죠. 앞으로 잘 지내도록 해요."

　하지만 그렇게 다부졌던 말은 첫인사 그것으로 끝이었다. 이유는 회의를 마치고 돌아가던 그녀에게 건넨 나의 말 때문이었다.

　"누나! 다음에 오면 나도 불러!"

　어디서 그런 용기가 났는지는 모른다. 다소 당황하는 듯도 했지만 웃으며 손 흔드는 나를 향해 그녀가 말했다.

　"그래 그렇게."

　이야길 나누면 나눌수록 닮은 면이 많았고 물을 품은 선인장처럼 응어리 하나 두고 있는 것도 닮아있었다. 이명숙이에요가 아닌 이명숙입니다가 더 어울리는 사람, 적어도 나와 함께 하는 시간에서의 명숙은 그런 사람이었다.

　"정치인이 나라를 바꿔주지 않아. 그들에겐 자신들의 밥그릇만 있을뿐이야. 더불어 사는 사회라고 하지. 노동자와 사용자는 절대 같을 수 없어. 봐, 평생을 민주화운동을 했다고 하는 사람이 대통령이 되고 싶어 야합한 거. 청산했어야 할 대상과 손을 잡겠다는 거야."

"누나와 이야기하며 세상이라는 것도 바로 옆 이웃 모습 같다는 생각을 해. 친구들 사이에서도 그랬어. 힘이 세어 대장을 한 놈은 자리 지키려 오버 행동을 했고 바로 밑 아이들은 오른팔이 되려고 야단이었지. 무리 지어 다니며 친구를 협박하고 자신들이 할 일마저 작은 아이에게 시켰어. 정치가 뭔지는 모르지만 3당 합당의 치졸함! 나도 잘 알아."

재호를 찾는 날이면 어김없이 옥상으로 올라와 이야길 걸어주던 사람, 3년이 지났다.

"한승하! 너, 명숙 선배랑 연애한다며?"

소희다. 3년 전 학생부의 막내, 엄마가 한 반찬을 자기가 했다며 뻥을 치던 사람, 왜 자신이 아닌 명숙을 좋아하냐며 웃게 만들던 사람, 남녀가 좋아서 만나는 것이 연애라면 어쩜 소희의 말처럼 연애가 맞을지도 모르겠다. 그러나 명숙의 입장에서 나란 사람이 온전한 남자로 보이기는 할까. 씩하고 웃고 마는 나를 보며 곁에 섰던 재호가 다가섰다. 고문 후 본가로 돌아가 학기를 마친 사람, 3년 전 모습 그대로다.

"K대에 입학했다며?"

"네."

"시간 빨라. 벌써 졸업이라니"

"그보다 찾아뵙지도 못하고 죄송해요, 형"

"죄송하긴! 내가 사는 집도 모르면서! 아직도 그때 생각이 나. 형들 사이에 끼어서......."

그 소리에 소희가 소릴 지른다.

"선배! 선배 입에서 그 이야기가 또 나와!"

그럴 만도 하다. 죽지 않고 살아서 나온 것만도 어디인가. 함께 활동했음에도 혼자만 끌려가지 않은 것에 대한 미안함이기도 할 것이다.

"이리와 한승하! 오늘 특별히 이 누나가 너 안아준다."

소희가 다가서며 목을 감싼다. 등을 토닥이는 손길에서 지난 3년의 시간이 떠오른다. 맞지 않는 학교생활, 한 달 건너 하는 아르바이트, 한 끼 먹는 식사, 그 속에서 함께 해준 사람들, 재호가 떠나고도 소흰 가끔 명숙과 함께 자취집을 찾았었다. 냉장고 좀 사, 세탁기도 사, 잔소리가 대부분이었지만 어머니가 해놓은 반찬을 바리바리 싸서 건네던 사람, 그녀에겐 동생이 없었다. 언니도 오빠도.

"나 이제 고등학생 아닌데"

"그래서?"

"그냥 그렇다는"

"이제 대학생이라고 나랑 맞먹자는 거?"

"함부로 안지 말라는 거"

"어쭈......."

소희가 몸을 떼며 볼을 잡고 흔든다.

"승하, 국문학과에 입학했어. 글을 쓰고 싶대. 글을 쓰기 위해선 공부를 해야 한다며....... 맞을 것 같지 않아? 심리학도 공부할 거래. 철학도 하고 싶다 하고"

명숙의 말을 들으며 소희가 다시 볼을 흔든다.

"이, 이쁜 것! 다 해! 다 해! 이 누나가 팍팍 밀어줄게."

이제 소희와 둘만 학생일 뿐 모두 사회인이다. 재호와 색은 다르지만 명숙도 사회운동은 계속할 것이라 했다. 소외계층 아이들에 대한 제도적 개선방안 등에 관한 것이었는데 때문인지 며칠 뒤에 치러진 졸업식과 동시에 일자리도 관련 기관을 택해 갔다.

대학생이 되었으니 명숙을 여자로 보고 그 앞에 남자로 서고 싶다는 생각도 들었다. 그러나 그것이 가당키나 한 일일까.

중학교를 졸업할 무렵 아버진 고등학교 진학을 포기하라고 했다. 이유는 형이 대학에 다니고 있어 시킬 수 없다는 것이었는데 진학에 관한 것은 나의 결정이라 생각했다. 어차피 아버지로부터 지원받을 생각 눈곱만큼도 없었다. 500원씩 주는 것도 적선하듯 바닥에 던지던 태도 역시 더는 보고 싶지 않았다. 열네 살부터 시작한 자취생활에서 스스로 사는 것에 대한 용기를 얻은 면도 있을 것이다. 시골에선 돈 벌 곳이 없지만, 도시에 나가면 얼마든지 돈 벌며 공부할 수 있으리라 생각했다.

그러나 학교에 대한 기대는 없었다. 원했던 예고에 갈 수 없었고 교육방식과 그간 보아온 일부 교사들에 대한 실망감이 컸기 때문이다. 교사는 교과서를 가지고 답을 말한다. 그것은 오래전 자신들이 배운 것이기도 하다. 북한사람은 빨간 얼굴에 뿔이 난 사람이라고 생각하게 만들었던 어린 시절의 반공교육처럼

"적이 누굽니까?"

"그게 무슨 말이야?"

"방금 선생님께서 총구를 적에게 향하라고 하셨잖습니까. 그 적이 누구냐는 겁니다."

"누구긴 누구야! 북한이지!"

"국어사전에선 적을 싸움의 상대자라고 정의하고 있습니다. 우리에게 그 상대가 북한뿐입니까? 헌법에는 어떻습니까? 통일로 안고 갈 대상이라고 하지 않습니까? 이산가족은요? 적입니까?"

"우리의 주적이 그렇다는 거 아니야!"

"우리를 식민 지배했던 외세도, 우리의 의사와는 상관없이 멋대로 허리를 자른 자들도, 자신들의 이익이 아니면 언제든 버림받을 땅인데 어떻게 안고 갈 동포를 주적이라고 합니까? 통역이 필요한 사람들입니까? 원해서 북에서 태어나고 원해서 남에서 태어났습니까? 제일 먼저 도망치고도 자기 국민을 무참히 죽인 자도 반공을 외쳤지요. 멋대로 식민지배 보상금을 받아낸 자는 무엇이고 배고파 일어난 백성의 아우성을 외세를 끌어들여 탄압하고 남의 속국으로 만든 자는

무엇입니까? 우리가 적이라 생각하고 싸워야 할 상대가 누구입니까?"

나이 지긋했던 교련교사 그라고 현실의 아픔을 모를 리야 있을까. 하지만 권력에 눈먼 세력, 그들이 심어놓은 사상교육 속에서 마치 그것이 영원불멸의 답인 양 목소릴 낼뿐이었다. 교사의 신분으로 노동자의 손을 비하하고 영어단어 수학공식 잘 외어야 좋은 대학 간다는 말만 되풀이했다. 그보다 더 절실한 말, 다른 길, 방향 등에 대한 토론을 기다리는 학생은 그들에게 없었다.

1년 치 월세를 낸 지 얼마 지나지 않은 오후, 과 동문 운현이 뛰어오고 있었다. 동글동글한 얼굴에 배까지 튀어나왔음에도 뽀빠이 바지를 즐겨 입어보는 것만으로 웃음 나게 하는 친구, 숨을 헐떡인다.

"휴 힘들어. 왜 캠퍼스엔 택시가 없냔 말이지."

"비행기를 두지그래."

"맞다. 비행기가 있었지! 그건 그렇고 말이지, 이문현 교수님 수업 끝나고 할 일 있남? 오늘 미팅이 있다 이 말씀"

"그래서?"

강의실을 향해 발걸음을 옮기자 손가락 하나를 세워 보인다.

"오늘 한 놈이 펑크를 내가지고 대타! 그냥 참석만 해주라. 응!"

"이운현!"

"어."

"안 돼!"

한참을 보채었지만 나의 대답은 바뀌지 않았다. 관심도 없거니와 명숙과의 만남이 약속돼 있는 날이기 때문이었다. 주로 옥상에서 만남을 가졌었는데 시내에서 만나자며 연락을 해온 것이었다. 졸업과 함께 복지센터에 취직한 명숙은 일이 재미있다고 했다. 거기에 더해 '우리하나'라는 공동체에 들어가 봉사활동도 한다고 했다. 그녀처럼 나 역시 야학에 참여하며 노인들께 한글을 알려주고 있었는데 글자를 잘 몰랐던 어머니에 대한 마음이 원인이 됐었다. 그들은 빨리 글자를 배우고 싶어 했다. 모르고 살아온 시간이 서럽다며 당신의 생각을 쓰고 싶어 한 것이었다. 그러나 자음 모음에서부터 쉬이 진도를 나가지 못하는 분들이었다. 그래서 가끔 가장 하고 싶은 말을 해보라고 했다. 그것을 칠판에 써주면 쓰라 하지 않음에도 몇 번씩을 쓰고 또 쓰는 것이었다. 쓰고픈 욕구가 얼마나 큰 것일까. 대수롭지 않게 여기는 글자 하나가 어떤 이들에겐 간절함 그 이상인 것이었다.

시내에서 만난 명숙은 첨 봤을 때의 옷차림을 하고 있었다. 회색빛 치마에 하얀색 셔츠, 3년 전과 똑같은 단발머리, 이젠 아무렇지 않게 팔짱 끼는 모습을 보며 3년이란 시간을 다시 떠올려보게 된다.

"네가 생각하는 나라는 어떤 나라니?"

1990년 5월 8일 저녁, 옥상을 찾은 명숙이 물은 말이었다.

"공평하게 사는 나라, 노력하면 이루어지는 나라, 노력하지 않고 배 두드리며 살지 않는 나라. 자신보다 센 사람한텐 덤비지 않아. 약한 사람만 골라 괴롭혀. 힘이란 부당함 앞에 맞설 수 있는 용기인 거야. 약한 사람 때리고 괴롭히는 건 폭행일 뿐이야. 내가 아는 어떤 사람도 그랬어. 이유도 없이 그렇게 사람을 괴롭혔어."

"그래서 그런 세상을 꿈꾸니? 공평한 세상, 노력하면 이루어지는 세상?"

"힘의 논리가 아닌 노력으로 바꿔 갈 수 있는 세상 그게 내가 꿈꾸는 세상이야. 누난 나오지 않았으면 좋겠어. 누난 내일 그랬으면 좋겠어."

시가 있는 풍경, 이름이 예쁜 커피숍을 찾아 들어서자 영화음악 Monaco가 흘러나왔다. 그것은 평소 내가 제일 좋아하는 음악이기도 했다. 창밖으로 오가는 손 잡은 연인들, 어디 하나 어두운 구석이라곤 보이지 않는 모습, 무엇 때문에, 왜 그렇게 비쳐지는 것일까.

그날 명숙은 옷집으로 나를 이끌었다. 커피를 마시거나 산책함이 목적이 아닌 내게 옷을 사주고자 함이었다. 힘들게 일해서 왜 내 옷을 사냐며 거절했지만, 그날 명숙의 고집은 나보다 세었다.

"시나리오 쓴다는 건 잘 되고 있지?"

나온 커피를 마시며 명숙이 물었다.

"잘 된다기보다 그냥 습작하고 있어."

"너무 무리하진 말고, 그림을 그리고 싶었던 네가 가난 때문에 맞지 않는 수업을 들어야 했던 거 잘 알아. 그런 사람들의 이야기를 쓰고 싶다는 것도, 감당할 수 있겠지?"

"나 알잖아."

"믿어."

"누난?"

"뭐?"

재호에 관한 것을 묻고자 함이었다. 재호는 명숙에게도 청민연에 가입하길 요구하고 있었다. 소희가 그 이유를 말해주었지만 말해주지 않아도 알 수 있는 것이었다.

"너, 선배 잘 지켜! 재호 선배 무서운 사람이야. 한 번 정한 것은 절대 포기하지 않는 사람! 이렇게 맹탕처럼 굴다가 잘못하면 너 언니 뺏긴다!"

재호가 가지는 이성적 마음에는 관심 없지만 청민연에 가입하길 요구하는 것만은 은근 신경 쓰였다. 청민연은 명숙과는 맞지 않는 곳 맞지 않는 곳이기 때문이었다.

"재호 선배가 계속 같이하자고 해."

"이제 그런 건 하지 않았으면 좋겠어. 그냥 평범하게 살아 누난"

"그건 나도 네게 해주고 싶은 말인데 넌 안 되겠지?"

"나와 바꿀 수 있는 뭔가가 있다면 가능하지도 않을까?"

"그것도 변할지 몰라. 영원한 것이란 없을지 모르니까. 진리라는 것도 변해가는 거니까. 가슴 아린 기억이 있다는 거 그래서 행복일 거야. 하지만 넌 그런 아픔 겪지 않았으면 좋겠어."

그날 명숙은 1년 뒤 울릉도로 같이 가자고 했다. 어머니의 유해가 뿌려진 곳에 가보고 싶다는 것이었다. 아버지의 정리해고 후 치킨집 마저 주인에 의해 닫게 되었을 때 이기지 못했다는 어머니, 명숙의 나이 열아홉 살 때였다. 아버진 한 직장에서 20년을 근무한 사람이 었다. 그런 사람이 해고를 당한 것은 매입단가를 일방적으로 낮춘 대기업과 싸울 생각은 하지 않고 노동자의 해고를 통해 피해를 해결하려던 회사와 벌인 시위 때문이었다. 긴 시간 회사와 맞서 농성했지만 돌아온 것은 법원에서 발부된 행정명령서와 벌금독촉고지서가 전부였다. 남은 것 긁어모아 치킨집을 열었지만, 계약서를 명분으로 퇴거를 요구해온 건물주, 벼룩의 간을 빼먹는다는 말, 고작 상가건물 하나 갖고 있던 사람의 행태, 국가는 존재치만 개인의 몫일 뿐이었다.

팔인회를 조직하여 모임을 이어가던 운현, 정식, 남조, 기운, 영희, 인혜, 지영, 자인의 무리에 들어가게 되었다. 팔인회는 자연히 없어지고 새로운 이름인 구주발로 바뀌었다. 운현의 아이디어였다. 운현과 정식은 넉살이 좋고 남조는 시를 잘 지었으며 기운은 한시에 관심이 많았다. 영희는 자신이 왜 국문학과에 들어왔는지 모르겠다는 아이이고 인혜는 고등학교 때부터 신춘문예 소설 부분에 응모를 하던 문학소녀다. 국어교사가 되고 싶어 왔다는 지영은 교육학과가 국문과인 줄 알았다는 다소 엉뚱한 아이이며 자인은 남조처럼 시를 좋아하는데 음악에도 조예가 깊은 아이다. 아홉이 모일 때면 소주병이 몇 번의 성을 쌓고 내려갔다. 그렇다고 안주를 많이 시키는 것도 아니었다.

"야야야 안주 시키지 마. 소주 먹는데 무슨 안주! 봐봐! 이렇게 술 한 잔 마시고 손가락 한 번 빨아. 그럼 되는 거야."

지영의 목소리다. 비교적 형편이 좋아 넓은 원룸에서 지내는 기운의 집에서 함께 술을 마실 때면 밤새 마시다가 서로 뒤엉켜 잠이 들기도 했다. 영희를 좋아하는 운현은 넉살 좋게 영희의 옆으로 은근슬쩍 자리를 옮겼다가 배구부 활동을 했다는 영희의 손에 뺨을 맞기도 했다. 이태백과 왕유의 시를 좋아하는 기운은 술이 들어가면 꼭 시 한 수를 읊조리곤 했는데 특히 그가 좋아한 시는 왕유의 '가을밤' 이었다.

비 갠 밤중에 가을이 짙어
빈산 빈골짝 차가워 쓸쓸한데
소나무 소나무 사이로 밝은 달이 내리고
붉어진 개울 돌에 샘물 소리 차갑네.
바삭바삭 대숲 소리에 빨래꾼 돌아오고
연잎이 흔들릴 제 고깃배 지나가네.
봄꽃은 때를 알고 어느새 지고 없는데
우리 님 여기에 내 곁에 있네.

그의 구슬픈 목소리와 잘 어울리는 시였다. 시나리오에 관심이 있는 친구는 없었지만, 방송국에서 기자활동을 하고싶다는 친구는 있었다. 영희, 영희는 이목구비가 선명한 아이다. 운동을 그만둔 후 다소 살이 찐 탓에 친구들 사이에선 얼굴만 보이면 성공한다는 놀림을 받는 친구였다.

"너희들도 알고 있지! 우리 선배 중에 규철이라고! 2학년 때 신춘문예 당선되어 힘주고 다니는 선배 말이야."

넉살 좋은 운현이 말을 받았다.

"봐봐. 그게 무슨 벼슬이냔 말이지. 당선됐으면 뭐 어쩌라는! 말하는 거 보면 밥맛이 뚝뚝 떨어지다 꺽하고 올라온다 이 말이지."

"맞아. 나도 그 선배 볼 때마다 이 생각을 해. 내가 왜 교육학과에 가지 않고 여기 왔지 하는"

고등학교 때부터 문학소녀였던 인혜가 규철에게 몇 가지 조언을 구하고자 찾아갔는데 인혜의 말에 의하면 자신과 사귀자고 했다는 것이었다. 그 이야기는 구주발 회원 사이에선 이미 널리 알려진 이야기였다. 식사나 하자면서 식당으로 가더니 소주 한 병을 마시고는 여관으로 이끌더라는 것이었다.

"지금 뭐 하는 거예요 선배?"

"시를 쓸려면 인생도 알아야지. 이런 경험도 필요한 거야. 나 이제 곧 문단에서 활동할 건데 그럼 너도 활동할 수 있는 거야."

소녀 같은 인혜의 입에서 씨발 나쁜 놈이라는 말이 나온 것도 그날 이후였다.

"그런 거 다 잊어. 세상엔 말이야 또라이 같은 새끼들 많은 기라. 안 그래? 좆도 아닌 것들이 뭐라도 되는 냥 척하는 인간들 말야."

지영의 말이다. 그녀의 말이 맞다. 정말 세상에는 아무것도 아닌 것들이 척하며 살고 있다. 신춘문예 당선됐다고 으쓱하는 인간이라면 훗날에는 어떤 모습으로 서 있을까. 운현과 함께 넉살 좋기로 유명한 정식이 테이블 위에 쌓여진 소주병을 하나씩 내리며 말을 꺼냈다.

"그래도 너들은 나보다 낫다. 난 말이야. 리어카로 이삿짐 네 번에 걸쳐 옮겨줬는데 딱지 맞았잖아. 뭐, 나와 어울리는 사람 사귀라나. 아니 승하한테는 고분고분하면서 왜 나만 애 취급하냔 말이야. 내가 승하보다 덩치가 작아 키가 작아 그렇다고 머리숱이 많아!"

재호가 살던 1층 방에 살던 동갑내기 간호사 둘, 그 중 키 큰 선애를 정식이 좋아한 것이었다. 볕이 잘 들지 않는 방이라 잠시 머물 생각으로 온 탓에 3개월도 살지 않고 이사를 갔지만 선애를 본 정식의 마음엔 이미 분홍빛 물이 들어 있었다. 리어카를 빌려와 네 번에 걸쳐 이사를 도와주었지만 며칠 후 찾은 정식에게 했다는 선애의 말이 그것이었다.

잠자코 있던 남조가 함께 소주병을 내리며 말을 받았다.

"승하는 애늙은이잖아. 몰라? 고등학교 1학년 때 화염병! 새내기가 총장실 점거! 근데 누가 건드려!"

"진짜 모를 일이야. 저래 쪼맨한 게 어디서 그런 용기가 났는지, 나는 오는 잠 쫓아가며 공부하느라 바빴는데, 근데 쟤 나쁜 애다. 내가 사귀자고 했는데 날 찼어. 바쁘대. 시간 없대. 좋아하는 사람 있대."

모두의 눈이 자인을 향했다. 평소 말이 없던 자인, 하는 말은 없고 듣는 편이었던 자인이 정량을 넘겼는지 테이블에 팔꿈치를 대고는 혼자 중얼대고 있었다.

"잠깐! 잠깐! 잠깐만 말이지. 이게 무슨 말이야 이 말이지."

"무슨 말이긴 무슨 말이야. 술 한잔하고 나랑 사귈래 했다가 딱지 맞았다는 말이지."

술 한잔하자고 해서 만난 자리, 그냥 지나가는 소리려니 여겼는데 그것이 아닌 모양이었다.

"너 몰랐냐? 승하 좋아하는 사람 있는 거. 고등학교 때부터 좋아한 사람 이명숙! 네 살 연상의 아주 그냥 죽여주는 몸매에 그냥 막......."

눈치 없이 꺼낸 정식의 말에 열 번도 더 눈을 씻어내야 했던 운현, 김치는 접착제 같았고 내가 무슨 말을 했냔 말이지는 홀로 허공을 맴돌았다.

알고는 있었지만 명숙에 대한 재호의 마음이 집착을 향해가고 있었다. 명숙의 마음은 단호했다. 동료로서 힘이 돼주는 것은 모르지만 이성적인 감정은 갖지 말라는 것, 적어도 명숙의 마음에 남자로서의 재호는 존재치 않았다.

"승하 때문에 그러니?"

할 말이 있다고 해선 만난 자리, 닭갈비집에서 재호가 꺼낸 말이다. 이성적이던 사람, 사회정의를 말하던 사람이 이성적 사고조차 하지 못하는 모습이 명숙은 안타까웠다.

"알고 있잖아요. 나, 승하 좋아하는 거. 승하와 함께 있으면 마음이 편해요. 그러나 승하에게 보일 순 없어요. 왜냐면 승하를 힘들게 할 테니까요. 아직 공부를 해야 할 승하인데 나로 인해 부담을 주고 싶지 않아요. 선배 입에서 승하 이름이 나오는 것이 놀라워요. 그런 거 묻지 않아도 되는 것 아니에요. 왜 누굴 사랑하냐고 물어보죠. 선배와는 상관없지 않아요?"

술 한 잔을 넘기며 재호가 말을 이었다.

"그래, 나와 상관없는 일이지. 하지만 우리도 긴 시간을 함께했어. 승한 아직 어려. 군대도 갔다 와야 하고 그때면 네 나이가 몇이야? 네가 내 옆에 있어 줬으면 해. 나도 승하를 친동생처럼 보살필게."

그 말에 명숙의 얼굴이 일그러졌다. 들고 있던 가위와 주걱을 내려놓으며 불판의 불을 줄인다.

"제 말을 이해하지 못하나 봐요. 제가 승하를 좋아한다구요. 승하가 학업 마칠 때까지 기다려주고 싶다구요. 무슨 말인지 몰라요? 제가 지금 승하에게 사랑한다고 말하면 승하 마음이 어떨까요? 막노동하며 공부하는 아이에요. 불쌍하지 않아요?"

잠시 재호를 보던 명숙이 다시 말을 이었다.

"그리고 저는 이미 승하와 잤어요. 그러니 나에게 옆에 있어 달라 이런 말 하지 말아요. 나도 선배 좋아해요. 그러나 그것은 선배로서 그런 거예요. 또 좋은 동료로 지낼 것이구요. 선배도 승하를 잘 돌봐주었으면 좋겠어요. 선배도 알지 않아요. 승하 목 놓아 울던 거 기억 안 나요. 그 서러움이, 분노가 쌓여 열일곱 나이에 거리에서 화염병 던진 거 선배도 알잖아요. 나는 승하가 준비될 때까지 기다려줄 거예요. 서른이 넘어가겠죠. 그럼 또 어때요. 옆에서 좋은 친구로 있어주려 해요. 승하는요, 얼굴에 훤히 보이는데 사랑한다는 말을 하지 못해요. 그 괴로움이 고통이 눈에 보여요. 자기 형편이 되지 못해서 여건이 되지 못해서 하고 싶은 말도 억누르는 고통이 눈에 보여요. 그러니 나에게 더는 이런 말 하지 말아요. 나 승하 좋아해요. 아니, 사랑해요."

물에 개진 시멘트는 무겁기가 이루 말할 수 없다. 레미콘 차에서 건물 한쪽으로 쏟아내면 옥상 전체로 골고루 삽으로 퍼내야 했다. 오래 놔두면 굳는다며 작업반장은 독촉하고 끝없이 쏟아지는 시멘트 앞에서 두 손 들고 싶을 때가 한두 번이 아니다. 그것으로 끝이면 좋겠지만 내부 작업에 쓰일 시멘트는 포대째로 날라야 하며 함께 쓰는 모래는 질통에 담아 또 올려야 했다. 모래 한 통이면 40kg, 시멘트 한 포대는 50kg이다. 오후 다섯 시가 될 때까지 계속해야 하루 일당 8만 원을 번다. 수수료를 제하면 72,000원, 그래도 다른 잡부에 비하면 두 배의 수입이다. 그렇다고 그것을 매번 할 수 있는 것은 아니었다. 용역사무실을 찾았을 때 그런 업체가 있어야 했고 없을 땐 벽돌도 지고 이삿짐도 나르고 잡부도 했다. 벽돌 져서 올리는 것을 현장 용어로 곰방이라고 하는데 그것도 일당이 괜찮았다. 일주일에 이틀 하면 한 달에 40만 원 정돈 모을 수 있었다. 그렇게 한 학기를 하면 학비와 방세 생활비는 되었다.

현장에서 만난 태수라는 50대 후반의 사내는 20년째 용역일을 하고 있었다. 조그만 가게도 했었다지만 여의치 않았는지 줄곧 일당 노동자로 지내고 있었다. 태수의 고향은 아래 지방이다. 아버지와 비슷한 나이인지라 볼 때마다 안쓰러운 마음이 들었는데 그의 최종학력도 초1이었다. 1학년이 전부라는 말이다. 일찍 도회지로 나와 안 해본 일이 없다고 했다. 신문배달, 음식배달, 목재소와 고물상, 몸으로 하는 일이라면 거의 경험했다는 그는 같은 용역회사에 출근하는 단골이기도 했다. 고등학교 때부터 간간히 봐왔던 사람인지라 이제는 그렇게 큰 불편함 없이 지내지만 첨 보았을 땐 말도 걸지 못했었다. 주름진 얼굴에 꽉 다문 입술 한눈에 보기에도 고집이 세고 심술 있게 보이던 사람, 모습처럼 그는 말이 없다.

그런 그가 처음 보는 직원 앞에서 지적받는 일이 있었다. 지적이라기보단 인격 모독에 가까운 말이었는데 곱슬머리에 보기에도 민망할 정도로 튀어나온 배, 금테 안경을 들어 올리며 아주 거만한 투로 2층 계단에 서서 지껄이고 있던 것이었다.

"여기 놀러 왔어요? 아까부터 쉬더니 아직까지,,,,"

그 말의 핵심은 점심시간 한 시간이면 되지 왜 이렇게 오래 쉬냐는 것.

"오후에 이렇게 오래도록 노가리나 까고 있냔 말이에요! 어느 용역에서 나왔어요!"

무서울 만큼 말없이 자신의 일에만 집중하던 사람 하지만 태수는 인성이라곤 눈 씻고 찾아봐도 보이지 않는 사람 앞에서 고개만 숙이고 있었다.

"아저씨! 쉬었다고 저러는 거예요?"

"그래, 너 잠시 밖에 나갔을 때 내려와 태수 형님한테 저러는 겨."

이름처럼 정이 많은 만정의 대답이다. 이야기를 듣고 나자 화가 치밀어 올랐다. 오전 오후 30분씩 쉬는 것은 법으로도 규정되어 있는 것인데 그것을 무시하고 일 더 시키려는 못된 놈이기 때문이었다.

"젊을 때 돈 많이 모아 놔. 늙어서 돈 없으면 아무것도 못해. 자존심! 그런 거 아무것도 아니야."

언젠가 점심시간에 막걸리 한 병을 마시고 그가 하던 말이었다. 젊을 땐 싸우기도 했지만, 나이를 먹으며 점점 약해지더라는 것이었다. 아이들을 위해 생활비 빼고 다 보냈지만 정작 아이들은 자신을 찾지 않고 남은 거라곤 월세방 하나가 전부라던 사람. 하루를 일해야 수입이 생기는 사람들, 고용보험도 산재도 되지 않는 일용직 노동자, 놈은 약자를 상대로 해서 갑질을 하고 있는 것이었다. 하루를 일해도 부당한 대우를 받을 순 없다. 약자를 괴롭히는 인간은 인간으로 대할 필요가 없음인 까닭이다. 만정의 손을 뿌리치며 올라서는 나의 귀에 다시 들려오는 놈의 소리가 있었다.

"노가다 하는 인간들은 다 똑같아. 시간만 적당히 때우다 가려거든."

다시 찾지 않으면 되는 곳이다. 굳이 맞고 그름을 따질 필요도 없다. 어차피 평생 보며 살 사람도 아니다. 그러나 놈의 면전에다 뭐라도 한마디는 해야 화가 풀릴 것 같았다.

"지금 뭐라고 하셨죠?"

계단을 오르며 말했다. 하지만 어려 보임에 자신감이 들었기 때문일까. 잔뜩 고개를 젖히며 했던 말을 아무렇지 않게 그대로 다시 하는 것이었다.

"시간만 적당히 때우다 가려고 한다고 왜?"

"아니 그 앞에요?"

"뭐? 노가다 하는 인간들은 다 똑같아 이말?"

그의 얼굴엔 비아냥댐이 가득했다. 볼수록 기분 나빠지는 얼굴, 기분 같아선 점심 먹은 것이 다 나올 때까지 건물 외벽에 거꾸로 매달아놓고 흔들어대고 싶었다.

"여기 책임자세요?"

"그건 왜?"

"한수복 팀장이 책임자 아니에요?"

"그걸 네가 알아서 뭐할 건데"

짜증스럽다는 말투이다. 화가 더 나는지 눈까지 치켜뜨며 얼굴을

들이밀었다.

"쪼맨한 새끼가 일하러 왔으면 일이나 하지 뭘 따지고 있어!"

하지만 나는 담담했다.

"정우건설 책임자냐고 물었어요?"

"그러게 그걸 알아서 뭐할 거냐고?"

"책임자가 아니면서 일을 시킵니까? 거기다 부당한 요구까지!"

"……."

"법은 지켜야겠죠?"

"……."

"근로기준법에 얼마의 휴식시간이 규정돼 있죠?"

"……."

"오전 9시에서 9시 30분, 15시 30분에서 16시, 점심시간 1시간! 맞
죠? 그리고 일용직노동자도 근로기준법의 보호를 받는다는 것쯤은
알고 계시겠죠?"

"……."

"다시 묻죠. 아저씨가 책임자예요?"

"……."

"태평오거리 두 블록의 정우건설 제가 지금 가서 신고하고 올까
요? 여기 증인들도 많고 아직 공사도 많이 남은 것 같은데 그럴까
요?"

거만하기만 하던 직원의 얼굴에 순간 당황함이 서렸다.

"책임자여도 아니어도 아저씬 지금 불법을 저지르고 있어요. 무서운 게 없나 보죠. 현장에서 질통 나르니까 사람이 사람으로 안 보이나 보죠. 법을 무시하는 뭐 같지도 않은 놈한테 굽실거릴 거라 생각하나 보죠. 아님 일용직 노동자는 막 부려도 되는 머슴쯤으로 여기나 보죠. 노가다 하는 인간들은 다 똑같아! 다시 한번 해보시죠."

"……"

"다시 한번 묻습니다. 다녀올까요? 사과하실래요?"

어떻게 말을 해도 그냥 넘어가던 것이었다. 짜증 내고 무리한 요구를 해도 뒤에선 욕할지 모르지만, 앞에선 따지고 들지 않았기 때문이다. 자신의 지시가 잘못되었다는 것도 신고가 들어가면 피곤해지게 된다는 것도 그는 알고 있었다. 그러나 바로 꼬리 내릴 순 없는 노릇이었다.

"일하러 왔으면 일이나 하지 뭘 이렇게 까탈스럽게 굴어."

하지만 나는 멈추지 않았다.

"아직도 사태파악을 못 하시나 보군요. 돈이 필요해서 온 사람들이지 아저씨 같은 사람한테 인격 팔려고 온 사람들 아니라는 건데. 딱 보니까 여기 책임자도 아니고 책임자가 없는 동안 대신 있는 분 같은데 이렇게 멋대로 일을 진행합니까?"

전화 몇 통화면 쉬는 시간 몇 분에 대한 욕심보다 훨씬 더 큰 불편 안겨주는 것이다. 그런 불편함과 피해가 회사에 온다면 사업자는 가만히 있을까. 뻣뻣하게 굴던 인간 밥숟가락 잘릴 수도 있음을 현장바닥에서 굴렀으니 그도 알고 있을 것이다. 따지지 않고 받아주니 그래도 된다고 생각하며 지금껏 살아온 것이리라. 직원의 얼굴이 복잡해졌다. 하지만 자존심은 있어서 자신의 잘못을 바로 인정하지는 않았다.

"알았어. 알았어."

뭘 알았다는 것일까. 그것으로 끝낼 순 없었다. 아닌 놈은 밟아야 하고 밟을 땐 확실히 밟아야 다신 고갤 들지 못하기 때문이다.

"사과하시죠."

"지금 알았다고 하잖아."

"그게 사과예요? 장난합니까?"

"별것도 아닌 걸 가지고 왜 이렇게 피곤하게 굴어!"

"별것도 아닌 거? 이 양반이 아직도 우리가 졸로 보이는 모양인데 존대해주니까 내가 개똥으로 보여!"

그의 얼굴이 더 굳어졌다.

"좆도 아닌 놈 새끼가 어디서 갑질하려고 지랄이야! 네 눈엔 보이는 게 없어! 달린 눈은 장식용이야! 꼭 똑같이 말해줘야 알아들어? 여기 있는 사람들이 모두 개돼지로 보여! 최 씨 아저씨께 사과하고 노가다 하는 놈들 다 똑같다며 인신공격한 거 사과해! 기름진 그 배에 기름 빠지기 싫거든 그 주둥아리 조심해. 또 한번 나불대다간 묵사발을 만들어 놓을 테니까. 알겠어!"

자존심 별거 아니라며 나이 들면 그런 거라던 태수가 나를 본다. 젊은 시절 패기 없는 사람이 어디 있을까. 자신도 그랬고 모두가 그랬다. 하지만 세상은 그렇게 호락호락하지 않았다. 인격이라는 것 자존심이라는 것 사치이기도 했다. 아이를 키우기 위해선 자존심 따윈 개똥밭에 던져야 했다. 아니꼬워도 참고 부당해도 허리 숙여야 했다. 하지만 숙이면 숙일수록 더 핍박받는 것이 현실이기도 했다.

"나, 오빠가 왜 업어주는지 알아."

"……"

"안다니까!"

"그냥 업어주는 거"

"피, 내가 그것도 모를까 봐."

"……"

"오빠랑 같이 물놀이 하고 싶었어. 오빤 내가 그만할 때까지 놀아줄 거니까. 오빤 늘 그랬어. 먹고 싶은 게 있어도 나에게 줬어. 기억나? 오빠 입학하고 얼마 후 혼자 놀기 심심해 엄마랑 같이 마중 간거? 기억하지? 고개에서 기다리고 있었잖아. 오고 있는 오빠가 보였어. 근데 오빠의 걸음걸이가 아닌 거야. 느림보 거북이걸음이 아니라 뛰어오고 있었으니까. 오빤 나를 보자 더 빨리 뛰기 시작했어. 뛰지 말라고 넘어지면 다친다고 그렇게 말했는데도 오빤 멈추지 않았어. 그리고 뭐랬는지 알아? 내 이름을 부르며 소리치는 거였어. 과자를 샀다고, 소영아 과자 샀어! 내가 과자 샀어! 그렇게 소리치며 고개를 오르고 있었어. 엄마에게 받은 100원으로 빵 하나를 샀지만 내 생각에 먹지 못하고 주머니에 넣어 가지고 왔던 거야. 오빤 그랬어. 그게 소영이 오빠야. 그러니까 오빠 약한 사람 괴롭히지 마. 오빠 저런 오빠 상대하지도 마."

붉은 단풍이 섬 곳곳에 물들어 있다. 1년 후 가을이 되면 명숙이 같이 가자던 울릉도, 팔을 잡고 있는 명숙이 떨어질 줄 모른다. 울릉도에 가면 오징어덮밥을 먹을 거라고 했다. 그리고 해안도로를 걸을 거라고도, 민박집을 먼저 예약했다. 짐을 내려놓고 식당을 찾아가는 길 명숙과 떠난 첫 여행이다. 부두 위로 갈매기가 요란하다. 고깃배가 떠 있고 또 그 너머로는 군함의 모습도 보인다.

"누나, 잠수함 어떻게 잡을까?"

"글쎄"

"어부들이 그물 쳐서"

"그럼 달은 국자로 따?"

"우와!"

놀란 표정의 나를 보며 발걸음을 멈추고 보는 명숙의 표정이 귀엽다. 화산섬인 울릉도, 해안으로 도동과 저동이 있고 군청은 도동에 있다. 600여 미터의 성인봉이 있지만 섬 가운데는 분지 형태로 이루어져 있다. 반면 해안은 절벽으로 멋진 자태를 뽐내는 섬, 태풍이 칠 때면 인근 고깃배들의 피난처가 되기도 한다. 울릉도에선 독도를 맨눈으로 볼 수가 있다. 또 독도에서도 울릉도를 직접 볼 수가 있다.

"승하야, 우리 저 집 가서 밥 먹자."

"그래."

명숙이 가리킨 곳은 울릉원조횟집이라는 간판이 달린 식당이었다.

"근데 횟집에서 덮밥을 팔까?"

"없으면 회나 먹지 뭐. 너도 회 좋아하잖아. 빨리 가자. 나 배고파."

명숙이 손을 잡고 이끌었다. 넓지 않은 식당이지만 꽤 많은 손님들이 식사를 하고 있었다. 또 운 좋게도 오징어덮밥도 팔고 있었다. 덮밥도 파니 고민이 되었다. 뭘 시켜야 하나, 결국 선택한 것은 지금은 덮밥을 먹고 야식으로 회를 먹자는 것이었다. 동해가 보이는 식당에서 먹어서인지 밥이 맛있었다. 아니 명숙과 함께여서 더 맛있는 것이리라. 5년이 돼간다. 고1 때 알게 된 운동권 대학생 이명숙, 그녀와 찾은 울릉도, 식당을 나오며 소주 한 병을 샀다. 택시를 타고 가도 되지만 걷자고 했다. 걸어도 30분 거리라며 걷고 싶다고 했다.

해가 넘어가기 시작하는 울릉도의 해안도로, 왜 이렇게 먼 곳에 뿌려달라고 했던 것일까. 어쩜 그녀의 어머니도 사람이 없는 곳을 찾았던 것인지도 모르겠다. 명숙이 입을 열었다.

"예쁘지?"

"응"

"노을 좀 봐, 바다에도 물들었어."

하지만 노을은 명숙의 얼굴에도 물들어 있었다.

"벌써 이렇게 컸어. 첨 너를 봤을 때 넌 어린 학생이었는데"

"노래 하나가 생각나"

"노래? 무슨?"

"제비꽃! 제비꽃 노래 가사 같아. 내가 처음 너를 만났을 때 너는
작은 소녀였고......."

명숙이 웃는다.

"그래. 그 노래 나도 알아. 머리에 제비꽃 루루루루루루 루루 루루루"

"우리 그 노래 부를까?"

고개를 끄덕인다.

내가 처음 너를 만났을 때 너는 작은 소녀였고
머리엔 제비꽃 너는 웃으며 내게 말했지 .
아주 멀리 새처럼 날으고 싶어 .

내가 다시 너를 만났을 때 너는 많이 야위었고
이마엔 땀방울 너는 웃으며 내게 말했지 .
아주 작은 일에도 눈물이 나와 .

내가 마지막 너를 보았을 때 너는 아주 평화롭고
창 너머 먼 눈길 너는 웃으며 내게 말했지 .
아주 한밤중에도 깨어있고 싶어 .

– 제비꽃 (조동진) –

"이렇게 스물한 살이 되었어."

"이제 스물한 살인데"

"서두르지 마. 시간은 가는 거야."

"하지만 때론 시간이 흐르지 않을 때도 있어."

"잃는다는 것, 놓는다는 것"

"지키고 싶다는 것"

"사실 난 운동권과는 거리가 멀었어. 어릴 적부터 투쟁이라는 것은 전혀 모르고 살았으니까. 아니 그냥 조용히 살고 싶었어. 근데 세상은 아니더라. 네 말처럼 너무 불평등하니까."

"용기 있는 사람은 아름다운 거야. 앞서서 간다는 것은 그만큼 힘들어. 남이 차려놓은 밥상에 숟가락은 얹으려 하지만 먼저 나서려 하진 않아. 잃을 것이 두려우니까."

"그래."

"잃어본 사람은 알아. 잃는다는 것이 무엇인지, 그래서 일어서는 거야. 두려운 사람은 그 간절함을 모르는 거야. 잃어보지 않았기 때문이고 고통을 모르기 때문이야. 자유란 권리란 그냥 얻어지는 것이 아닌데 사람들은 두려움 앞에서 나 자신은 빠지려고 해."

"......"

"내가 살아온 길도 그리 순탄치는 않았어. 많이 울고 괴로웠지. 죽도록 미운 사람도 있고. 세상은 야비해. 동물의 세계처럼 힘 있는 자가 약한 자를 괴롭혀. 가정에서도 국가에서도. 어차피 힘 있는 사람이 때리는 거야. 약자를 때리는 사람은 자신보다 센 사람 앞에선 꼬리를 내려. 비열하지. 용기란 부당함 앞에 맞설 수 있어야 하는 거야. 맞더라도 일어서며 저항할 수 있는 것, 그것이 용기야."

"우리가 늘 생각하고 꿈꾸는 것이잖아. 나는 승하가 반드시 그런 길 걸으며 살 수 있으리라 믿어. 승하는 스스로 물러서지 않으니까, 그것이 내가 아는 한승하니까."

"나는 언제나 같은 자리에 있어. 태양이 반대에서 떠올라도 나는 여기에 있어."

명숙의 어머니가 뿌려진 바닷가에 소주를 따랐다. 바다를 물들이는 노을처럼 슬픔 한 자락 가슴에 담고 사셨을 분, 노을은 어쩜 그녀 어머니의 삶일지도 모르겠다. 바닷가에 선 명숙이 나를 본다. 코끝으로 전해지는 아카시아 향, 단발머리, 동그란 눈, 왼 볼의 보조개, 명숙의 입에서 소나기 속 소녀의 모습이 새 나왔다.

"사랑해."

"......"

"내가 널 사랑해."

명숙이 다가서며 입을 맞추었다.

"나, 너의 여자가 되고 싶어."

가진 것 없다는 것이 마음에 걸렸었다. 그리고 나이가 어리다는 것, 이제 4학기를 마쳤는데, 군대도....... 적어도 5년이다. 그 시간 동안 명숙에게 기다려달라고 말할 용기가 나지 않았다. 그런데 울릉도에서 명숙을 안고 나니 두려움은 의지로 변했다. 두려워하며 망설인들 무엇할까. 부딪혀보는 것이다. 미래를 생각하며 두려워하지 않는 것이다.

꿈만 같은 반년이 지났다. 명숙은 일주일에 한 번씩 찾아와 함께 시간을 보냈고 매일 몇 번씩 통화를 했다. 그녀의 표정에서도 행복이 묻어났다. 그럼에도 5학기 기말고사를 끝내고 군 입대 결심을 말했을 때 명숙은 담담히 받으며 웃어주었다. 오히려 더 현실을 직시하고 있었다.

"마음 같아서는 가지 말라고 붙잡고 싶지만 이렇게 응원하는 내 마음 승하 씨도 알 거야. 해야 할 의무니까 해내야지. 우린 절대 누군가에게 내 의무를 맡겨선 안 되는 거야."

이별을 앞에 두고도 평정심을 잃지 않는 명숙이 고마웠다. 누군가에게 내 의무를 맡겨선 안 된다는 말, 그것은 어쩜 우릴 엮어주는 고리와 같은 말인지도 모를 일이다.

"시간은 가는 거야."

"가는 시간을 헛되이 보내지 마."

"집중할 때 시간은 가는 거야."

"날 사랑하는 만큼만 충실해."

"눈 감았다 뜨면 다시 나타날 거야."

"그랬으면, 승하 씨가 많이 보고 싶을 거야."

여름방학과 함께 입대한 훈련소의 생활은 할 만했다. 제한 배식이라 첨엔 배고픔이 힘들었지만, 시간은 적응하게 했다. 교관들은 말 그대로 권위의식에 사로잡혀 있었다. 바늘로 찔러도 피 한 방울 나올 것 같지 않는 웃음기 없는 얼굴, 깊이 눌러 쓴 모자 아래의 매서운 눈매, 일주일에 두세 번은 비상야간훈련이라는 명목으로 한밤중에 깨워 집합을 시키고는 기합을 주었다. 장마철 연병장 곳곳엔 물이 고여 있었고 600명의 동기는 몇 시간을 굴러댔다. 3주쯤 지났을 무렵엔 동기 한 명이 탈영하는 일이 있었다. 군 헌병대에도 신고를 한 사건이었는데 이틀 후 동기가 스스로 돌아왔다. 탈영한 곳이 해안가에서 멀지 않은 섬, 그곳까지 수영을 해서 도망을 갔지만 갈 곳이 없더라는 것. 그 일로 동기는 수료하는 날까지 20kg이 나가는 모래주머니를 양쪽 어깨에 메고 다녀야 했다. 실무병들에게 담배를 얻어 피우다가 걸려도 같은 벌을 받아야 했다. 그래도 동기들과 함께 하는 훈련소 생활은 고되었지만 행복한 시간이었다.

두 달 반의 전, 후반기 교육을 마치고 자대배치 받은 모 부대, 새까맣게 그을린 선임병들을 보며 위축이 먼저 되었다. 그러나 이곳도 사람 사는 곳이니 곧 적응하리라 생각을 했다. 이삼일은 그럭저럭 넘어갔다. 어느 곳이나 고문관은 있기 마련이라더니 1년 선임인 상병 정성민 아주 악독한 놈이었다. 기상 시간부터 때리기 시작해 잠들기 전까지 때렸고 자는 중에도 깨워 구타했다. 이유를 대지도 않았다. 주먹으로 때리고 발로 차고 머리 박게 하고는 쇠파이프로 허벅지며 엉덩이를 때렸다. 그러나 얼굴엔 주먹을 대지 않았다. 손바닥을 이용해 때렸지만 맞은 뺨 안쪽의 잇몸이 터져 밥도 씹지 못했다. 보다 못한 성민의 고참이 성민을 불러내어 살살하라고 주의를 줬지만 그 말 들은 것이 기분 나쁘다며 외진 곳으로 데려가 또 때렸다.

"집중할 때 시간은 가는 거야."

시간은 가지 않았다. 맞는 것이 두려웠다. 왜 때리냐고 이유조차 물을 수 없는 폐쇄된 조직이 싫었다. 적당히 기분 맞춰주며 아부라도 할 줄 아는 사람과는 달리 나에겐 그런 면이 없었다. 하루라도 맞지 않고는 잠이 들 수 없는 생활 명숙에 대한 그리움만 깊어지고 있었다.

입대한 그해 가을 재호가 명숙을 찾았다. 서류봉투를 하나 내보이며 다가오는 휴일에 자기를 대신해 사람을 만나달라는 것이었다.

"왜 저에게 이걸 주는 거죠?"

"그날 난 원주에 있는 친구 결혼식에 가야 해서."

"그럼 전날 만나서 주면 되잖아요."

"그 친구가 토요일에 올 수가 없어서 그래. 그러니 사정 좀 봐줘."

"그런데 이건 무슨 서류에요?"

"아무것도 아니야. 타 지역에서 함께 운동하는 동지인데 나에게 부탁한 것, 그냥 조직 내에서 쓰이는 문서 몇 가지야."

그렇게 중요한 것이 아니라면 다른 날이나 우편으로 보내도 될 것이라 여겼지만 오랫동안 운동하며 알고 지내온 사이를 생각해 거절

할 수가 없었다. 여전히 청민연에서 활동을 하고 있는 그에게서 걱정스러움이 밀려왔다.

"선배도 이제는 평범하게 살았으면 해요. 복지 쪽이나 노동 쪽에 관심을 가지고 활동하시는 건 어때요?"

하지만 재호는 전혀 관심 없다는 표정이다.

"언젠가 말했었지. 운동도 힘이 있어야 한다고, 힘이 있어야 바꿀 수가 있다고 나는 힘을 얻고 싶은 거야. 아니 힘을 키우고 싶은 거야."

"위험할 수도 있어요, 지난번처럼."

"당신도 알잖아. 얻기 위해선 희생이 따른다는 거. 아직 이 사회엔 청산하지 못한 것들이 너무 많아. 다 갈아엎고 깡그리 도려내어 태워버리고 싶은 것이 내 마음이야."

아버지부터 삼촌, 형에 이르기까지 같은 피를 물려받은 재호이다. 누가 무슨 말을 하더라도 그만두지 않을 사람, 그저 수위라도 조금 낮추길 명숙은 바랄 뿐이었다.

"참! 승하는 잘 지내겠지?"

"네, 밥도 많이 먹고 힘든 것 없다고 걱정 말라며 편지 왔어요."

"옛날보다야 낫겠지만 힘이야 안 들 수 있을까. 하지만 승하는 잘 할 테니 너무 염려 말고."

"고마워요, 저도 그렇게 믿어요."

"행복해 보여 좋은 데 조금 씁쓸하기도 해. 내가 자기 먼저 알았는데......."

"또 시작이네요. 안 들은 걸로 할게요. 그리고 이것은 함께한 시간을 봐서 해드리는 거예요."

재호와 마주 앉음이 불편하다는 걸 다시 느끼게 된다. 예전엔 이렇지가 않았다. 둘이 방에 앉아 이야기를 나누기도 했었다.

언제 맞을까 두려운 생활의 연속이었지만 버틸 힘이 돼주었던 명숙의 편지가 12월이 지날 무렵부터 오지 않았다. 1월이 지나고 설이 지나고, 2.3일에 한 번씩 편지를 보내어도 답이 없었다.

명숙은 한국에 있지 않았다. 재호가 건네준 봉투가 빌미가 되어 정보원의 눈을 피해 동남아로 피신한 상태였다. 청민연은 부패한 자본 악습을 철폐하고 사회주의적 평등사회를 지향하는 운동권 출신들이 모여 조직한 단체로 정보기관의 감시를 받고 있었는데 재호가 건넨 봉투 안의 내용이 한국 내 이적단체에 관한 것이었다. 그것이 명숙이 만난 y라는 인물을 통해 간첩 김동식에게 전달이 된 것이었다. 김동식의 체포 후 그제야 재호는 사실을 알렸고 함께 피신할 것을 권했다. 명숙으로선 방법이 없었다. 전달한 죄밖에 없지만 5년 전의 고문을 잊을 수가 없었다.

그들은 간이침대 위에 속옷만 걸친 명숙을 눕히고 손과 발을 묶었다. 음흉하던 정보원의 눈길, 아니 진저리쳐지도록 무섭고 더러웠다. 그들 중 하나가 날카로운 갈고리를 들고 명숙의 배 위에 올렸다. 얼음이 닿는 것처럼 섬뜩했다. 갈고리는 배를 지나 가슴을 타고 얼굴에 닿았다. 갈고리 끝이 코에 걸린다. 그리고 다시 내려가며 다리를 거쳐 돌아와 음부에 닿는다.

"말 잘 들으면 지금이라도 나갈 수 있어."

사시나무 떨듯하던 명숙의 입에서 단말마의 비명이 새나갔다. 옆에 있던 한 명이 명숙의 손가락 하나의 관절을 꺾은 것이었다. 숨이 멎는 듯했다. 고통의 눈물이 귓가로 흐를 새도 없이 더듬던 손이 또 하나를 꺾었다. 묶인 명숙의 몸이 활처럼 휘며 경련을 일으켰다.

"김익호 알아 몰라?"

"......"

말이 나오지 않았다. 안다고 하고 싶은데 목소리가 나오질 않았다.

"그렇지 아직이야 말 안 하겠지."

떨고 있는 명숙의 손, 그들은 꺾인 손가락을 다시 당기며 맞추었다. 비명은 의지와는 달랐다. 눈앞이 깜깜해지며 의식을 잃었다. 명숙의 귀로 숙덕이는 소리가 들린다. 음부에 닿는 차가운 촉감이 있다. 쇠파이프다. 그것을 가지고 희롱하며 낄낄대는 것이었다. 그쯤은 또 아무것도 아니었다. 얼굴에 손수건을 덮은 채 고춧가루 물 붓기, 박달나무 위에 무릎 꿇리기, 잠 안 재우기, 발목을 자르겠다며 쇠톱을 댔을 땐 열린 구멍이란 구멍에선 몸 안의 분비물이 모두 쏟아졌었다.

그렇게 고문을 해댔고 반 평 남짓한 독방에서 짐승처럼 지내야 했다. 민족연과 연계된 학생회가 적발되며 관련 없음이 확인된 후에야 풀려날 수 있었지만, 그들에겐 어떠한 보상도 이루어지지 않았다. 오히려, 문제를 일으켰다간 쥐도 새도 모르게 죽을 거라는 협박만 있을 뿐이었다. 다시 가고 싶지 않은 곳 아니 다시 가선 안 될 곳 그곳은 사람이 아닌 악마가 사는 소굴이었다.

"엄마, 이거 쓰고 물놀이할래. 언니가 사준 이거 쓰고 내일 오빠랑 물놀이할래. 그래도 되지? 물놀이해도 되는 거 맞지?"
골뱅이가 삶아지던 저녁, 모기 쫓으려 태운 짚단 주위를 돌며 소영이 팔을 벌렸다.

〈이제 정신 들어? 구주발에서 연락이 왔어. 너 죽을 것 같대. 그러면서 가보래. 자기들보단 내 말을 더 들을 거라며.〉

"엄마 가을 소풍 때는 정말 백 원 더 줄 거지? 짜장면도 사줄 거지?"

〈왜 그래 승하야! 왜 그래 자꾸! 피치 못할 사정이 있을 거야. 해결하면 찾아올 거야. 선배가 널 얼마나 사랑하는지 알아?〉

"왜 그래 영아! 좀 전까지 뛰었잖아. 근데 왜 누워 있어? 왜 숨 안 쉬어? 장난치지 말고 어서 일어나. 일어나 나랑 놀아."

〈매일 너 보고 싶은데 너 공부하는 데 방해될까 찾지도 않고 참던 선배야. 그러니 이러면 안 되잖아. 이런 모습 보면 선배 마음이 어떻겠어. 너, 세상을 쓰고 싶다고 했잖아. 그림과 바꾼 것이잖아. 너도 선배 힘들까 사랑한다는 말도 하지 않고 지낸 아이잖아.〉

"엄마! 소영이 좀 살려 봐요. 영이가 숨 안 쉬어. 손가락 넣어 골뱅이 좀 꺼내봐. 그것만 꺼내면 영이 살 수 있잖아. 그러니까 엄마! 빨리 좀 꺼내봐요!"

〈일어나, 이제 털고 일어나. 선배가 오기까지 내가 있어 줄 테니 어서 일어나. 나 어두운 거 싫어. 어두운 거 견딜 수 없어. 나 알잖아. 어디로 튈지 모르는 개구리라는 거. 일어나 승하야. 선배 생각해서라도 이제 그만 일어나.〉

피치 못할 사정이 아니라면 오히려 나을지 모르겠다. 재호를 사랑해 떠난 것이라면 더 좋을지 모르겠다. 지금 이 순간 그녀가 행복하다면, 세상이 열 번 바뀌더라도 지금 이 순간 그 사람 행복하다면.

강을 건너며

"여보!"

골목으로 접어들자 명숙이 옥상에서 부르고 있다. 3개월이 지났다. IMF 여파로 취업은 쉽지 않았다. 고용센터를 방문하며 구직신청도 해두었지만 연락이 없다. 간혹 구인업체가 있어도 급여가 터무니없었고 조건이 괜찮아 지원을 하면 이력서가 문제 되곤 했다.

"좋은 학교를 7학기나 마쳤는데 왜 이런 생산직에 지원하시죠?"

또는

"대졸 사원을 뽑는 것이라서 죄송합니다."

졸업을 하지 못했으니 고졸이다. 대학 란을 뺐다. 그 때문일까, 오래지 않아 꽤 이름 알려진 가구공장 생산라인으로 취직이 되었다. 3개월 수습기간이 조건, 그쯤은 아무것도 아니었다. 낯선 곳에서 몸담을 곳이 생겼다는 것만으로도 감사할 일이었다. 하지만 15일에 취직을 했는데 말일쯤 되자 돌아오는 1일부터 수습기간을 적용하겠다며 통보를 해오는 그런 업체였다. 왜냐는 질문에 돌아온 답은 한 달씩

끊어야 계산이 쉽다는 것이었다. 보름이라는 시간 아무것도 아니다. 그러나 보름 동안 본 회사의 모습을 비추어볼 때 아주 큰 폐단을 갖고 있는 것이 분명했다. 생산라인의 상당수가 특례병이었다. 특근과 야근을 시키고도 합당한 보수를 지급하지 않았다. 따질 수 없는 특례병, 특례병을 거쳐 몸담고 있는 직원이 많은 곳, 특례병의 입지를 너무도 잘 아는 경영진, 착취가 이어져도 변하지 않는 이유가 여기에 있었다. 협의도 없이 일방적으로 수습기간을 1일로 하자는 회사, 관행처럼 당연시하는 말에 나는 따를 수 없었다.

"죄송하지만 받아들일 수 없습니다. 15일에 입사를 했는데 1일부터 수습기간을 한다는 것 부당하고 협의도 없는 일방적인 통보를 저는 받아들일 수 없습니다."

이사의 표정에 여러 생각이 오가고 있었다. 뭐 이런 경우, 이런 놈. 잠시 생각을 정리하던 이사가 말을 이었다.

"보름 가지고 뭘 그러나? 나가라는 것도 아니고 계속 일할 것인데"

하지만 나의 마음은 요지부동이다.

"계약대로 하면 되는 것인데 굳이 그렇게 하려는 이유를 모르겠습니다. 총무팀이 없는 것도 아니구요. 15일에 입사를 했지 1일에 입사할 사람이 아니잖습니까."

"보름 일찍 일해서 돈 벌 수 있는 것 아닌가!"

"보름의 보수를 손해 보게 되는 것이기도 하죠."

말이 끝나기 무섭게 이사의 입에서 치졸하고도 더러운 말이 바로 나왔다.

"자네 일하기 싫어?"

취직이 어려운 시절에 고등학교 졸업해서 어디 취직하겠냐는 것이다. 쉬는 시간 몇 분 가지고 볶아대던 건설현장 직원보다 더한 놈, 머릿속이 복잡했다. 싸워야 하나, 적당히 타협해야 하나. 아주 간단한 것인데 돈이 문제다. 월세도 내야하고 생활도 해야 한다. 명숙에게 예쁜 앞치마도 사주고 싶다. 일을 해야 하는데 그래야 하는데 이런 유의 인간들은 한 번 숙이면 계속 밟으려는 종자들이다. 싫으면 나가라, 사람은 많다, 노동자를 노동자로 보지 않는 악질들! 놔두면 결국 나에게로 돌아오고 내 아이들에게 돌아가게 되는 것이다.

"한 형, 그냥 넘어가. 여기 있는 사람들도 배알이 없어서 이러고 있는 거 아니야."

특례병으로 들어와 7년째 일하고 있다는 경식. 입사했을 땐 경계 어린 눈으로 딱딱하게 굴던 사람이었다. 일주일쯤 지나서야 말을 걸던 그는 나이가 비슷하기 때문이었을까, 어느 순간부터 마음을 열고 이야기를 건네오고 있었다.

"시간 외 일을 시키고 보수를 지급하지 않는다는 것은 노동착취지. 그걸 어떻게 그냥 넘어가나? 하루 이틀도 아니고 지속되는 것이라면 고쳐야지."

"봐서 알지만 여긴 특례업체야. 쟤들이 무슨 힘이 있어. 또 배운 게 도둑질이라고 우리도 여기 나가면 할 일 없어. 또 IMF지 뭔지 때문에 취직하긴 또 얼마나 어려워."

하지만 나는 목소리를 낮추지 않았다.

"그래서 착취하는 거야. 아니까 더 이용하고 괴롭히려는 거야. 면접 볼 때 상여금이 몇 퍼센트냐고 물었더니 400%라고 했어. 그런데 생산직은 왜 10만 원만 받고 있지?"

알면서도 그들에겐 나설 용기가 없었다. 하나로 뭉칠 수 있을지에 대한 자신이 없었다. 그래서 당하며 지내온 것이었다. 수습 신분이었지만 틈틈이 노조의 필요성을 말했다. 한두 명은 해고하기 쉽지만 뭉치면 어렵다는 걸 특히 강조했는데 앞장서서 말하는 나를 보며 그들도 조금씩 용기를 내기 시작했다. 짧은 시간 안에 그럴 수 있었던 것은 억눌린 분노가 그만큼 크다는 방증이기도 했다. 일한 만큼의 대가는 받고 싶다는 것. 그러던 와중에 이사가 불러 한다는 말이 수습시간 1일이라는 말이었다.

눈 딱 감고 넘어갈 수도 있는 일이다. 그러나 아닌 것은 아닌 것이고 잘못은 바로 세워야 하는 것이다. 그렇게 마음을 추스르고 나니 오기까지 생겼다. 다시 질통을 지더라도 너 같은 놈한테는 굽히지 않겠다는 오기, 허리를 세우고 고개를 들었다.

"다시 말씀드리지만 받아들일 수 없습니다. 15일이 저의 근무 시작일이고 2개월여 후가 정규직 전환일입니다."

이사의 표정엔 비아냥댐이 역력했다.

"자네 아직 세상 물정 모르는 모양이야. 그러다 정말 잘리는 수가 있어."

키가 작은 나로선 앉아있는 이사가 고마울 따름이었다.

"해고를 하려면 하십시오. 그러나 사유는 있어야 할 것입니다. 계약대로 하자는 것이 해고의 사유라면 이곳은 불법회사입니까? 노동자는 근로기준법의 보호를 받고 사업장은 감독기관의 감시를 받습니다. 안 그렇습니까?"

"노동청! 근로기준법! 지금 협박하는 건가? 겨우 고졸 주제에 근로기준법이 뭔지는 알고? 회사에는 말이야 사규라는 것이 있어. 직원은 사규를 따를 의무가 있는 것이고, 알겠나?"

"네. 회사에는 사규가 있죠. 그런데 사규가 위입니까? 사규를 말씀하시는데 수습기간 3개월은 사규 아닙니까? 그 시작점을 일방적으로 바꿔도 된다는 사규 어디에 있습니까? 보여주시죠."

보여 달라는 말에 이사는 바로 대답하지 못했다.

"추가근무를 시키고도 수당을 지급하지 않던데 그것도 사규인 모양이죠? 이곳은 대한민국이 아닌 태평양 가운데의 섬나랍니까? 법따위는 안중에도 없어 보이니 말입니다. 계약과 다른 요구에 이의를 제기한 제가 잘못입니까? 멋대로 바꾸려는 이사님이 잘못입니까?"

하지만 이사의 거만함은 여전했다. 해볼 테면 해보라는 자세이다.

"그래서 보름 늦추자는 걸 동의할 수 없다는 건가? 취직하지 않았으면 보름 동안 놀고 있었을 텐데 취직한 것이 고맙지 않은 모양이지?"

"착각은 자유지만 심해 보입니다. 수습이라는 사규로 노동에 비해 적은 돈을 지급하는 회사, 이유가 무엇일까요?"

착각은 자유라는 말에 화가 났음일까, 자리에서 일어서며 삿대질을 하기 시작했다.

"보자 보자 하니까 말이야, 세상모르고 날뛰고 있어. 회사가 호구로 보여? 너 같은 놈들은 깔리고 깔렸어. 하라면 하지 어디서 버릇없이 덤비고 있어!"

하지만 나도 물러서지 않았다.

"그래서 당신 마음대로 나를 해고라도 하겠다는 겁니까?"

"당신?"

"먼저 놈이라고 하셨죠? 같이 반말해줄까요? 나이가, 직책이 계급 장인 줄 아십니까? 돈 때문에 들어왔지 당신 같은 사람들한테 종노릇하려고 온 줄 아십니까! 신고해드릴까요? 급여 착취한다고 신고해드릴까요? 특례병들에게 대한 노동착취 알려볼까요? 이사라는 직책이 그리 대단하나 보죠? 이름깨나 알려진 회사의 실태가 겨우 이런 것이었나요? 원하시면 언론에도 보내드릴 수 있습니다. 자! 어떤 식으로 할까요?"

이사는 선뜻 대답하지 못했다.

"당신도 여기 월급쟁이일 텐데, 당신으로 인해 회사에 불이익이 돌아온다면 당신도 좋진 못할 텐데 안 그렇습니까? 다시 말씀드리죠. 저의 근로계약은 이달 15일이고 당신에 의해 부당하게 해고될 사유 없습니다. 나는 여기를 다닐 것이고 나를 해고시키려면 합당한 근거를 제시하세요. 그렇지 않다면 이곳의 불법적이고도 불합리한 운영 실태 그대로 알릴 것입니다. 또 하나! 약점을 이용해 멋대로 연장 근무시키고 수당 갈취하는 것 여기서 멈춰야 할 것입니다. 당신이 이 바닥에서 얼마나 굴렀는지는 모르지만 나도 밑바닥에서 질통 지며 구른 놈이라는 것만 기억하시죠. 고등학교 나와도 알 것은 압니다. 당신이 생각하는 것처럼 세상 사람들 그렇게 바보 아니고! 종 아니고! 알겠습니까?"

그냥 두었다간 안 되겠다는 생각이 그대로 읽혀졌다. 그러나 그런 것 역시 아무것도 아니었다. 시대가 어느 때인데 아직까지 7, 80년대의 인식을 가지고 있는지 이해되지 않을 뿐이었다. 적어도 이유 없이 나를 해고시키진 못할 것이라 생각했다. 아니 해고가 되더라도 잘못된 것은 고치고 나가고 싶었다. 저런 막돼먹은 놈들에게 지고 싶지 않았다. 그런데 한 가지를 간과하고 있었다. 제대로 된 직장생활을 해보지 않았기 때문이고 노동문제에 관심을 가지지 않았음에서 비롯된 것이었다. 3일 후 해고통지서가 생산팀장을 통해 전해졌다. 경영상 사용자는 근로자를 해고할 수 있다는 칼자루가 사용자에게 주어진 법. 이런 말 같지도 않은 법을 만든 정부가 개탄스러웠고 말 같지도 않는 법을 이용하고 있는 그들이 치졸했다. 그들답게 그 법조차도 지키지 않았다. 긴박한 경영상의 필요, 해고를 피하기 위한 노력, 공정하고 합리적인 해고기준, 근로자대표와의 협의, 일정규모 이상 인원 해고 시 고용노동부 장관에게 신고 등 그 어느 하나 지키지 않고 수습기간을 말할 때처럼 일방적으로 결정하고 통보하는 것이었다.

자괴감이 들었다. 바꾸지 못한다는 것, 부당함 앞에 물러나야 한다는 것, 일개 이사에게 이런 수모를 겪는다는 것, 분통이 터져 견딜 수가 없었다. 공장 앞 공터에 앉아 화를 삭이고 있는 나를 보며 경식이 커피를 내밀었다.

"한 형!"

"……"

"이대로 그만두시게? 잘못된 것은 바로 잡아야 한다더니 이렇게 끝내시게?"

"……"

"한 형 같은 사람 만나 반가웠는데, 바보처럼 살았구나! 바꿀 수도 있겠구나! 그랬는데 이렇게 나가시게!"

세금 떼고 30만 원이 든 봉투, 분노는 치솟고 물러나기엔 자존심이 허락지 않았다.

다음 날 다시 공장을 찾았다. 웃으며 반기는 경식의 손에 준비한 서류를 건넸다. 경식이 서류를 돌리는 동안 사무실을 찾았다. 다소 놀란 표정이었지만 이사의 비아냥댐은 여전했다.

"할 말이 남았나 보지?"

기분 나쁜 표정, 이사와 똑같은 표정을 지어주었다.

"제가 바보였더군요. 아무것도 모르고 설쳤죠. 근데 말입니다. 이렇게 당하고 있으려니 자존심이 허락지 않아서요."

"그래서?"

"할 때까지 해봐야죠. 적어도 당신 옷 벗길 때까진."

그리곤 사무실을 둘러보며 직원들을 향해서도 말을 이었다. 가장 이해할 수 없던, 어떻게 같은 노동자이면서 편이 갈라져 생활하는지 모를 일이었다. 기본급의 차이가 있을 뿐 회사가 제시했던 복지혜택은 같았다. 그런데 그들은 생산직원들이 받지 못하는 혜택을 누리면서도 생산직원들이 받는 불합리한 처우 앞에선 외면하고 있던 것이었다.

"여러분들은 생산직 사원보다 보수도 많고 대우도 좋으니 나와는 상관없다 생각할 수도 있겠죠. 그런데 말입니다. 뭉치지 않고 유지될 것이라 보십니까. 불법적인 노동 갈취를 보면서도 외면한 채 남의 일로 치부한 책임 결국 자신에게로 돌아갈 것입니다. 구직자 많죠. 사람은 많겠지만 숙련자는 많지 않습니다. 어릴 적 어떤 교사가 그러더군요. 공부 안 하면 고무줄이나 만들고 기름이나 만진다. 이래서 그런 말을 했던 모양입니다. 당신들은 비겁자입니다. 당신들은 시간 외 수당 잘도 챙긴다지요. 명절이 되어 생산직 노동자들 선물세트 하나에 단돈 10만 원 받을 때, 당신들은 100% 상여금 받는다지요. 그렇게 1년에 400%나 받는다지요. 여러분들은 저 인간보다 더한 사람들입니다. 같은 노동자임에도 부당한 대우 받는 동료노동자를 외면한 채 내 밥줄이나 챙기고 있는 사람들이니까요. 동료가 있어야 내가 존재함을 곧 알게 될 것입니다."

공장 뒤편에 나가 담배에 불을 붙였다. 이대로 무릎 꿇을 순 없다. 이기지 못하더라도 저항은 해야 하는 것이다. 그래야 사람을 물로 보지 않기 때문이다. 30분쯤 지났을까, 경식이 서류를 들고 와 건네준다. 바보같이 살았다고, 이용만 당하며 살았다고, 저항 한번 해보지 않았다고, 경식을 향해 고개를 끄덕였다. 경식이 다시 고개를 끄덕인다.

"여보 이것 좀 봐."

밥솥에서 김이 나고 국 냄비에선 동태찌개가 한창이다. 100원이 싸다며 골목 식품가게가 아닌 20분 거리의 시장에서 파 한 단을 사오더니 오늘은 싸게 물건을 샀다며 입이 귀에 걸리는 사람, 아이처럼 웃으며 도톰한 겨울 양말 하나를 손에 쥐어준다.

"이거 신고 가면 발이 따뜻할 거야. 장갑도 새로 사놓았어. 밖에서 일하니까 손과 발이 따뜻해야 해."

옥상에서 기다리는 사람, 흙먼지 가득한 옷을 보며 품에 안겨 울던 사람, 자꾸 미안하다고만 하는 사람, 안정적인 수입을 얻고 싶었다. 건설현장에서 일하는 것이 단기간의 수입으론 나쁘지 않을지 모르지만 보장되는 것이 없다. 보험도 산재도, 예측 가능치도 않다. 그러나 원하는 직장은 쉬이 나오지 않았다. 돕겠다며 명숙이 입사한 학원도 들어갈 수 없었다. 공부는 다시 하면 되지만 문제는 그동안이었다.

3개월간의 현장일 끝에 들어간 곳이 가구공장이었다. 물론 오래 다닐 생각은 없었다. 방송국에 들어가 다큐멘터리를 만드는 것이 목표이기 때문이었다. 일하며 야간대를 통해 학업도 마치고 방송국에서 시행하는 작가과정도 수료할 생각이었다. 6개월의 연수과정 후 작품을 낸다고 하니 학벌보단 작품이 먼저일 거라 생각했다. 노력하면 되는 것이니, 자신이 있었다.

공장이 벌집을 쑤신 듯하다. 마당으로 모인 노동자들, 저마다 들고 나온 작업 도구를 두드려대었다. 어떤 이는 싱크대 문짝, 어떤 이는 망치와 앵글, 어떤 이는 빈 본드통을 두드렸다. 경식이 준비해준 시너통 위에 올라 소리쳤다.

"근로기준법은 노동착취를 막고자 법으로 정해놓은 것입니다. 이것을 부정하고 집에서 부리는 머슴마냥 노동력을 갈취한대서야 되겠습니까? 근무 외의 수당 어디로 갔습니까? 사무실 직원에게 지급하는 상여금을 여러분은 얼마나 받았습니까? 선물세트 하나에 10만 원, 그것도 특례병들의 경우는 받지도 못했습니다. 추가수당이 몇 퍼센트인지 알고는 계십니까? 그런 것을 단지 특례병이라는 이유로, 그 과정을 거치며 근무한 노동자라는 이유로 누리지 못하고 지내온 것입니다. 근로계약을 맺었음에도 그것을 부정하고 일방적으로 바꾸겠다는 것은 또 무엇입니까? 소리 내지 않으니 이러는 것이고 우리를, 노동자를 벌레쯤으로 여기는 것입니다. 강자에겐 대항하지 않습니다. 강자에겐 아부하고 약자만 밟는 것이 자본가들입니다. 소리 내지 않으면 계속해서 밟아대는 것이 자본가들입니다. 이렇게 종처럼 살아서야 되겠습니까? 지금이 조선 시댑니까!"

생산노동자들은 분개했다. 함성이 터지고 깡통소리, 망치소리가 마당을 덮었다. 해고를 당할까 두려웠고 자신의 처지에 수긍하는 것이 최선이라고 스스로 위로했던 시간들이 뭉치면 이긴다는 희망 아래 용기를 갖게 한 것이었다. 일주일에 이삼일씩 잔업을 해도 90만 원이 넘지 않았고 특근을 해야 100만 원이 넘었다. 90만 원이 정규직 급여였지만 잔업수당에 대한 미지급이 관행처럼 이어지고 있는 것이었다.

"추가수당 지급하라!"

"노동시간 준수하라!"

"부당해고 철회하라!"

주차장 구석에 사장의 차가 있다. 어려운 집에서 태어나 중학교밖에 마치지 못했지만, 전국지점을 둔 회사로 키웠다며 자수성가의 표본이라며 늘 자랑해왔다는 사람. 대학 2학년 겨울방학 때 주문 제작하는 가구공장에서 한 달 일한 적이 있다. 유아용 책상과 수납장 등을 주로 만드는 곳이었는데 생산직원이 세 명, 경리 한 명, 영업부 한 명이 전부인 공장이었다. 직접 배송을 하며 회사를 발전시키고자 부단히 노력을 한 대표는 미대에서 목공을 전공한 예술인이고 윈도우 운영체제를 배우는 재미에 푹 빠진 스물아홉의 순자는 법 없이도 살 사람이었다. 자신 혼자 150만 원을 받는다며 가끔 순대와 막걸리를 사 오던 40대 생산부장과 야간대에 다니던 한문학도인 재석, 나와 동갑이던 대표의 후배인 미대생 정옥, 그때 경험했던 가구공장은 정이 묻어나는 곳이었다. 작았기에 그랬는지는 모르겠지만 배송이 바쁠 땐 함께 배송을 갔고, 바쁠 땐 정옥과 순자까지 나와 힘을 보탰다. 그것 뿐인가, 고3 겨울방학 때 일했던 자동차 부품공장은 방학 때마다 학생들을 모집해 아르바이트를 시켰지만 부당한 노동을 강요한 적이 없었다. 직원들은 난로 위에 고구마를 구워 나눠줬으며 대표와 사모는 말 한마디에도 따뜻함이 묻어났었다. 일자리가 필요하면 언제든 오라며 다시 오면 아르바이트가 아닌 직원 월급을 주겠다며 올 것을 권유하던 사람들, 그렇게 세상에는 함께 하는 사람들도 있었다.

그런데 자수성가했다며 자랑한다는 대표는 이 같은 문제를 모르고 있었을까. 대표의 묵인 없이 용인될 수 있는 일이였을까. 불가능한 것이다. 한 시간씩 두 시간씩 바쁠 땐 서너 시간씩을 더 일 시키면서도 구렁이 담 넘듯 살아온 사람, 뻔뻔하기 그지없는 사람이다. 간부들의 얼굴에 당혹스러움이 가득하고 분을 삭이지 못한 이사는 허리에 손을 얹은 채 씩씩대고 있다. 그냥 물러나지 않는다고 말했다. 자존심이 허락지 않는다고 말했다.

"이봐! 뭐 하는 거야! 무슨 짓이야!"

하지만 나는 앞만 보며 외쳤다.

"이보다 더 참담하던 시절도 있었습니다. 기숙사 방 하나에 여공들 몰아넣고 하루 열여섯 시간 열여덟 시간씩 일을 시키던 시절, 인간대우만이라도 받고 싶다며 소리치던 노동자가 있었습니다. 마땅히 지급해야 할 대가를 지급하지 않고 노동력을 갈취하면서 고급승용차에 골프장 다니며 배 두드리며 살았습니다. 전국에 지점이 있는 회사라고 합니다. 어떻게 만들어진 것입니까? 이것이 대표가 되어 자랑할 일입니까? 여러분들의 땀이고 갈취당한 노동 아닙니까? 여러분들이 받아야 할 대가 아닙니까? 일일 근로시간, 법으로 규정되어 있습니다. 그런데 바보처럼 시키는 대로 일하며 대가를 요구하지 못합니까! 왜 요구하지 못합니까! 받지 못한 수당, 받지 못한 상여금 왜 달라고 말하지 못합니까!"

나의 선창에 모두 함께 구호를 외쳤다. 함께 한다는 것이 이런 힘을 내는 것이구나! 모두의 얼굴에 자신감이 묻어났다.

"해고된 사람이 왜 여기 있어? 왜 불법적인 행동을 하냔 말이야!"

씩씩대며 보고 섰던 이사가 쫓아오며 시너 통 위에 섰던 나를 끌어내렸다. 앞에 섰던 직원 몇이 막으며 감싸자 이사는 나오려 팔을 허우적댔다.

"묻는 소리 안 들려? 여기서 뭐 하냔 말이야!"

나는 다시 시너 통 위로 올라가 이사를 보았다. 키가 작아 올려봐야 하는 사람, 통 위에서 내려다보니 말하기가 편해졌다.

"뭐 하는지 모르시겠습니까? 불법에 맞서 권리를 찾으려는 것이 안 보입니까?"

이사는 삿대질을 해대며 소릴 질렀다.

"이런 불법 저지르고도 무사할 것 같아!"

"불법은 회사에서 먼저 했지! 왜 멋대로 근로기준법을 위반합니까?"

"위반! 뭐가 위반이라는 거야?"

"임금착취! 노동착취! 계약위반! 또 말합니까?"

"회사에는 사규가 있다고 하지 않았어!"

"귀가 있어도 듣지를 못하는군요. 사규가 위입니까?"

"그래서 뭐 어쩌자는 거야?"

해고의 바로잡음은 시작일 뿐이다. 바뀜이란 하나의 바로잡음에서부터 시작하는 것이기 때문이다.

"정리해고를 말했지만 경영상의 어려움이 아니라 말을 듣지 않는다는 이유라는 거 잘 알고 있습니다. 부당함을 따르지 않겠다는 것이 해고의 사유라면 이 땅에서 노동자로 살 사람이 어디 있겠습니까? 저는 부당한 해고를 받아들일 수 없습니다. 쫓겨날 이유 없습니다. 바로 잡지 않는다면 나는 여기서 한 발짝도 나가지 않을 것이고 우리 모두 현장으로 복귀하지 않을 것입니다. 면접 볼 때 면접관이 상여금 400%라고 했었지요. 그런데 생산직 사원들에게 어떻게 하고 있습니까? 허위광고로 사기까지 칩니까!"

나 하나로만 끝날 줄 알았던 것이 이사의 생각과는 달리 들불처럼 커진 것이었다. 특례병들만으로는 생산량을 맞출 수 없다. 밤새 공장을 돌린대도 되지 않는 일이다. 며칠은 버틸 수 있을지도 모르지만 며칠 사이 새로운 경력자를 채용할 수도 없는 일이다. 들어온 주문품도 발송하지 못할 것이고 지점을 갖춘 탄탄한 회사라고 하지만 불신은 회사를 무너뜨릴 수도 있는 것이다. 고발장을 들어 보이며 다시 말을 이었다.

"직원들로부터 받은 고발장도 가지고 있습니다. 끝까지 잘못을 모르고 시정하지 않는다면 파업뿐만이 아니라 노동청으로 언론사로 보낼 것입니다. 나를 가르치신 분 신문사의 주간으로 계시고 관련 부처에 근무하는 선배들 꽤 있습니다. 어떻게 할까요? 정말 매스컴 한 번 타게 해드릴까요?"

그날 대표의 입에선 거침없는 말들이 이사를 향해 쏟아졌다. 이사는 대꾸도 하지 못한 채 두 손 모으고 서 있었지만 서로가 서로를 모르는 것일까. 둘은 같은 종자이다. 대표가 이사를 향해 화를 내는 건 왜 일을 이렇게까지 키웠냐는 것이지 계약조건을 바꾸고 추가근무에 대한 보수를 지급하지 않으며 상여금의 차별지급방식을 나무라는 것이 아니었다. 하지만 대표는 손을 들 수밖에 없었다. 노동청으로 신고가 들어가 조사와 제재를 받고 언론사로 제보가 되어 밝혀지는 것이 두려운 까닭이었다.

연장근무는 반으로 줄었다. 줄어든 연장근무지만 수당을 받았으며 설에는 10만 원이 아닌 100%의 상여금이 지급됐다. 무엇보다 반가운 것은 사무직과 생산직 노동자의 관계가 회복되고 있다는 것이었다. 똑같은 상여금이 지급되기에 그동안 가졌던 거리감과 불편함이 사라지며 함께 뭉칠 수 있게 된 것이었다. 같은 노동자라는 것, 한 식구라는 것, 나는 정규상여금을 받지만 저들은 받지 못하는 것이 아닌, 나는 못 받지만 저들은 받는 것이 아닌, 같은 대우를 받는 노동자라는 것, 비아냥대던 이사의 태도에도 변화가 감지되었지만 가구공장에서의 생활은 6개월이 끝이었다. 방송국 연수가 시작되며 서울에 있는 출판사로 취직이 됐기 때문이었다.

명숙은 변한 것이 없었다. 4년 전이나 10년 전이나 하지만 울보가 돼 있었다.

"승하 씨, 우리 여기 떠나. 여기 말고 딴 데 가서 살아. 숨을 못 쉴 것 같아. 승하 씨가 날 좀 도와줘."

명숙이 재호의 아이를 낳았다. 청민연의 도움으로 필리핀에서 1년을 보내던 중 관련 사건이 종결되며 한국을 찾았지만 그땐 이미 명숙에겐 갈 곳이 없었다. 재호와의 사이는 멀어지기만 했다. 바른 성격이던 사람이 사소한 것으로도 폭언을 하고 옆에 두고 싶다더니 손찌검까지 해댔다. 심지어 아이 아빠가 누구냐는 말도 되지 않는 말까지도....... 벗어나고 싶었다. 찾아가고 싶었다. 그런데 그럴 수가 없었다. 안 되는 거야. 그럼 안 되는 거야. 그럴 순 없는 거야. 하지만 아이를 버릴 수도 없는 거야.

"이혼해줘요. 아이 때문에 혼인신고했지만 더는 안 되겠어요. 아이내가 키우겠어요."

그것이 최선이라 생각했다. 아이 키우며 혼자 사는 것이 최선이라 생각했다. 아무도 보지 않고 아이만 키우며 살겠다고. 하지만 재호는 아이를 넘겨주지 않았다. 핏줄을 보낼 수 없다며 의심하던 때와는 달리 아이에게 집착을 했다. 헤어지려면 혼자 가라는 것이었다.

"당신 허구한 날 외박하며 사는데 아이를 어떻게 키우겠다는 거죠? 아이는 엄마가 키우는 것이 더 맞지 않아요? 돈 안 줘도 돼요. 그냥 아이만 내가 키우게 해달라고요. 내가 왜 당신한테 이렇게까지 해야하죠. 당신 때문이잖아요. 당신이 그랬잖아요. 당신이 그랬어요. 승하 씨 여자라고 건들지 말라고 그렇게 애원을 해도 당신 마음대로 힘으로 날 그랬어요. 알아요? 당신 죽여버리겠다고 한 거! 지금도 죽여버리고 싶다는 거! 참고 살았어요. 당신이 나의 행복 다 앗아갔어요. 무슨 자격으로! 당신이 무슨 자격으로 그러냐고요! 내가 뭘 잘못했죠. 내가 당신한테 무슨 잘못을 했어요. 얼마나 행복했었는지 알아요. 당신이 망쳤어요. 당신 멋대로 나의 행복 앗아갔다고요!"

잠실에 위치한 무지개 출판사는 지상 3층 지하 1층 건물이다. 60이 넘은 대표는 출판사를 하고 있다는 성취욕이 큰 사람이었다. 직원으로는 영업부가 네 명, 편집부가 네 명, 총무부 두 명, 자재부가 두 명이었다. 편집부엔 교정을 보는 여직원 하나와 디자이너 두 명 그리고 편집장이 있었다. 편집장은 동화작가로 꽤 큰 상도 여러 번 받고 많은 책을 낸 서른 중반의 남자였다. 총무부의 미홍은 같은 곳에 사는 아이 엄마이고 스물하나의 세진은 회사 마스코트였다. 자재부의 휴학생 기호는 성격이 까칠했고 땀이 마를 날이 없는 40대의 민웅은 지적장애자였다. 영업부장은 20년이 넘는 경력자로 무지개에서만 10년을 넘게 근무하고 있었고 차장, 과장 역시 가정을 가진 오랜 근무자였다.

대표는 나에게 도서 기획을 맡아달라고 했다. 시장에서 요구하는 책을 편집장인 정수와 상의하여 안을 만들어보라는 것이었는데 부담만큼이나 의욕도 커지게 하는 지시였다.

"승하 씨 집이 성남이라 했지?"

모니터를 보던 정수가 묻는다. 슬리퍼를 신고 덥수룩하게 수염을 기른 사람, 작가 아니면 딱히 할 일도 없어 보이는 인상이다.

"네, 부장님도 그쪽이라면서요?"

"나는 간 지 얼마 안 됐어. 이제 3개월 됐나, 승하 씨와 멀지 않을 거야."

"같은 곳에 두 분이 있어 반갑네요."

"술 좋아해?"

뜬금없는 말에 머리가 멍해왔다. 다시 보니 얼굴에 술이라는 글자가 쓰여 있다.

"좋아는 하죠."

"그런데?"

"근 1년 동안은 마시지 않았네요."

"1년 동안이나 안마시고 어떻게 살아?"

"이렇게! 술친구가 필요할 땐 말씀하세요. 새벽까지라도 자리는 지켜드릴 수 있습니다."

정수의 얼굴에 웃음이 번진다.

"좋았어. 안 그래도 술친구가 없어서 적적했거든. 조만간 연락 한 번 하지."

정수 외엔 모두 여직원이다. 교정을 담당하는 주영은 불어 전공자로서 대표와 성이 같고 디자이너 정림은 눈이 소 눈만큼이나 크고 맑은 사람이다. 정림보다 6개월 먼저 입사를 했다는 소현은 대가 세고 거칠 것이 없는 우먼파워이다. 빨간 벽돌이라는 닉네임으로 채팅을 해 지금의 남편을 만났다는 그녀는 여전히 낯선 사람들과의 채팅을 이어가고 있었다.

"한 남자만 보고 어떻게 살아. 이렇게 대화라도 해야 스트레스가 풀리지. 어라! 이 씨발놈! 첨 대화 나누는데 만남! 이런 개호로새끼!"

동료들이 웃어도 개의치 않는다. 진짜 개호로새낀지 보겠다며 정림이 고갤 내밀면 그런다고 얼굴이 보이냐며 툭 던지는 소현, 빠질 것 같은 정림의 눈을 보며 배를 잡고 웃어댔다.

자재부의 기호는 항상 불만가득이다. 대표가 의심이 많다거나 민웅과 일하는 것이 힘들다는 것이 주된 불만사항이었는데 대표가 의심이 많다는 건 기호뿐만이 아니라 모두가 공통되게 말하는 것이기도 했다. 특히 돈을 관리하는 영업부와 책 출고를 담당하는 자재부에서의 불만이 컸다. 영업부의 경우 작은 서점과는 직접 현금 결재를 하기 때문이고 자재부의 경우는 주문도서 외의 무단반출을 하지 않을까 하는 의심 때문이었다. 한번은 기호에게 이런 일이 있었다고도 한다. 퇴근을 하는 기호를 대표가 부르더니 가방을 가리키더라는 것이었다. 회사 다니면서 무슨 가방을 그렇게 큰 걸 매고 다니냐며 가방에 든 것이 책인지 유심히 보더라는 것이었다. 책은 무거우니 각이 지고 표시가 날 거라 여긴 모양이었다. 복학을 준비해 늘 교재를 가지고 다녔는데 그것 때문인지 책 같아 보이는데 학교교재냐며 묻더라나. 의심을 하고 있음을 눈치챈 기호가 가방을 벗으며 보여드릴까요 하고 물었더니 요즘 교재는 어떻게 나오는지 궁금하다며 보여달라는 것이었단다. 정말 대표는 기호의 가방을 열어 한 권 한 권 확인했다고 한다. 이후로 기호는 큰 가방 대신 작은 손가방을 이용한다고 했다. 거기다 더해 분명 감시하고 있을 거라며 몰래카메라를 찾느라 열중하기도 했다.

민웅은 수시로 주차장에서 대표의 차를 세차했다. 중형급의 벤츠 승용차와 부인이 모는 국산 중형차의 세차, 책을 고를 때처럼 땀 뻘뻘 흘려가며 세차를 하는 민웅, 기호에겐 한 번도 시킨 적이 없는 일이다.

"내가 때려치우고 딴 일 해야지. 더러워서"

기호가 또 불만을 토로한다.

"또 왜?"

"형은 아직 잘 모르겠지만 사장만 보면 열불이 터져서. 그리고 월급 이거 받아서 뭣해. 등록금은커녕 용돈 하기에도 부족한데"

나는 그런 기호가 귀엽기만 하다.

"집에서 밥 먹여줘 재워 줘, 버는 돈 저금하면 되는데 뭐가 부족하다는 거지?"

그럴 때마다 기호는 소릴 버럭 질렀다.

"형은 노인네 같은 소리나 하고 있어. 밥만 먹고 살아? 잠만 자고 살아? 문화생활도 해야 할 것 아냐!"

말은 그렇게 하지만 6개월 근무하며 300만 원을 모았다는 기호이다. 그 돈으로 중고트럭 사서 장사를 할 거라나, 한 달만 일해도 그 돈 벌 수 있을 거라는 게 기호의 말이었다.

보름 정도 서점에서 지냈다. 교보, 영풍, 종로, 서울, 을지문고 등을 돌며 각 서점의 베스트셀러를 분석하고 준비한 자료를 통해 설문조사를 했다. 적성과도 맞는 일이었다. 새로운 것을 찾고 개발하여 만들어낸다는 것. 영풍문고에 가면 남순이라는 직원이 있다. 삐삐 마른 몸에 안경을 쓴 왼쪽 눈언저리에 점이 있는 사람.

"아저씨 몇 살이에요?"

"스물일곱요."

"나랑 동갑이네요. 이름은요?"

"한승하"

남순과의 만남은 그렇게 시작이 됐다. 7년이 돼간다는 그녀는 까칠한 듯하면서도 마음을 열면 가진 전부를 내줄 그런 사람이었다.

"잘 돼가요?"

"덕분에요."

"베스트셀러 만들면 나에게도 밥 사야 해요."

그렇게 말하는 남순이지만 책만 잘 만든다고 베스트셀러가 되는 것은 아님을 그녀는 잘 알고 있었다. 그러나 첨부터 그것에 대한 얘길 해주진 않았다. 시간이 지나면 자연히 알게 될 씁쓸한 일이기 때문이었다.

불과 두 달 사이 세계의 이야기, 그리스 신화 등 여덟 종의 신간이 출간되었다. 다른 출판사보다 한발 빠른 출간으로 그리스 신화는 교보와 종로서적에서 베스트셀러 1위에 오르기도 했다. 200여 종이 넘는 출판사의 도서 중 여덟 종의 매출이 반 이상을 차지할 정도였다. 그러나 그리스 신화 등의 책이 인기를 얻자 유명 대형출판사에서 앞다투어 같은 이름의 책을 내기 시작했다. 그리스 신화만 십수 가지가 넘어서며 판매 전쟁이 벌어졌다. 소비자는 대형출판사의 책을 선호하게 마련이다. 일부 출판사는 자본력을 앞세워 베스트셀러 만들기에 여념이 없다. 영업사원들끼리는 서로 좋은 자리 차지하러 언성을 높이고 서점 역시 쏟아지는 같은 종류의 책에 골머리를 앓았다.

그러나 무지개로선 오랜만에 누리는 호황이었다. 생각하는 동화, 머리가 좋아지는 동화로 히트를 치긴 했지만 그리스 신화만큼의 판매는 되지 못했었다. 그런데 여덟 종의 책이 모두 히트를 친 것이었다. 라퐁텐 우화의 판매가 다소 부진하긴 했지만 그리스 신화에 비해서일 뿐 일반적 신간에 비해선 웃도는 판매실적이었다.

"부장님 너무 한 거 아니에요! 이렇게 판매가 되는데 어떻게 회식 한 번 안 시켜준대요?"

퉁명스럽게 던진 소현의 말이지만 여덟 종의 책을 만드느라 모두들 지칠 대로 지친 상태였다. 원고를 받고 교정을 하고 디자인을 하며 때론 야근까지 하며 만들어 낸 책이다. 글자 하나 고치길 꺼려하는 작가와의 조율도 힘들었다. 작가들은 오타 외의 글자는 바꾸려 하지 않았다. 아주 사소한 것에서도!

그렇지 않아도 대표께 건의 드려 자릴 만들려 했던 정수로선 소현의 말에 바로 대답이 나왔다.

"왜 없겠어. 조금만 기다려 봐요. 며칠 내로 만들어 줄 테니까."

덥수룩한 수염을 만지며 웃는 정수, 그의 얼굴엔 걱정이라곤 없다.

"사실 나도 기대 이상이었어. 이 정도로 히트칠 줄은 몰랐는데 승하 씨가 기획을 잘 했지."

"잘 하면 승하 씨 진급하는 거 아니에요?"

"진급하면 뭘 해? 월급도 안 올려주는데. 일만 더 하라는 거지. 못된 영감탱이!"

왕눈이 정립의 말에 소현이 하는 말이다. 사실 진급을 해도 월급에 변화는 없었다. 1년이 지날 때마다 5만 원이나 10만 원 선에서 급여가 인상될 뿐 편집부장만 160을 받지 나머지 직원은 100전후이다. 물론 영업부장의 경우는 200이 넘는다. 그러나 경력도 20년이 넘는다.

신간판매가 호황을 누려도 대표의 의심은 멈추지 않았다. 영업사원들에게 한 곳에서만 주유하지 말 것을 지시하기도 했고 배송기사가 올 때면 아래로 내려가 출고되는 책을 확인하기도 했다. 기호는 버티지 못했다. 회식이 있던 날을 끝으로 퇴사하며 과일 장사를 시작했는데 같은 날 민웅도 그만두었다. 그러나 민웅의 퇴사는 자의가 아니라 타의에 의해서였다. 세차까지 시킨다는 것을 알게 된 가족이 찾아와 데려갔는데 왜 세차를 해야 하는지 몰랐던 민웅은 이후 리어카를 몰며 폐지를 주웠다. 새 직원 둘은 동갑이었다. 맹호는 법대생으로 복학을 앞두고 아르바이트개념으로 찾은 것이고 유열은 취직이 목적이었다. 이름처럼 맹호는 맹호부대에서 근무를 했고 유열은 또 이름처럼 노래를 잘 불렀다. 같은 나이지만 빠른 생일로 한 해 학교에 일찍 입학한 유열은 맹호에게 형이라 부를 것을 요구했다. 맹호는 여러 모로 통하는 면이 많은 친구였다. 인식이 그랬고 이념까지 그랬다.

겨울의 옥탑방은 외풍으로 인해 물이 흘러내린다. 안에 놓을 수 없어 실외에 둔 세탁기는 이불로 싸서 보관했고 빨래를 하는 날이면 널다가 방으로 들어와 손을 녹이길 반복했다. 달동네의 바람은 더 차갑기만 했다.

"나중에 시간 지나면 좋은 추억이 되겠지?"

"여름에 더워 땀 흘린 것도 추억이 될 거야."

그랬다. 여름은 비닐하우스를 연상케 했다. 하지만 에어컨을 살 수 없어 3만 원 주고 선풍기를 샀는데 돌려보니 직원이 말하던 자연바람 선풍기가 아니었다. 명숙이 전화를 해 왜 일반 선풍기를 자연바람 선풍기라며 속이고 팔았냐며 따지자 직원은 3만 원짜리 선풍기 하나 사며 뭘 그렇게 따지냐며 오히려 역정을 냈었다. 선풍기 사는 고객은 고객이 아니냐며 따지는 명숙을 향해 가져오면 반품해주겠다던 직원, 그날 명숙을 안고 한참을 있었다. 돈이 없다는 것, 3만 원 선풍기 하나 가지고 이런 수모를 당해야 한다는 것, 그날은 명숙도 괜찮다는 말 대신 가만히 안기어 있을 뿐이었다.

함께 한 지 1년, 명숙의 몸에서 변화가 생기기 시작했다. 몸에 홍반이 생기며 힘이 빠지는 증상으로 누우면 오래도록 일어나지 못했다. 90년 고문 이후 신경안정제를 복용했다는 것이었다. 임신 후 끊었지만 아이를 낳고 다시 복용한 약을 다시 끊은 것에 따른 부작용이라는 것이 의사의 소견이었다. 약이 없다고 했다. 면역력을 키워 이겨내야 한다는 것이 유일한 방법이라는 것

잠이 들면 일어나질 못했다. 곁에 앉아 TV를 보던 사람이 어느 순간 잠이 들고 살은 누르면 누른 자국 그래도 머문다. 먹는 것이라도 잘 먹여야 되는데 다 챙길 수가 없다. 기껏 고기 한 점 사와 저녁으로 구워주는 것이 전부이다. 모습 사라질 때까지 손 흔들던 사람이, 모습 보이면 올라설 때까지 손 흔들던 사람이 출퇴근을 봐주지 못한다.

"밥도 못 챙겨주고 사랑도 못 해주고"

"이사 가. 단칸방이 아닌 거실 따로 있고 방 있는 집"

하지만 명숙은 고개를 흔든다.

"나는 그런 거 필요 없어요. 나는 당신만 있으면 돼. 내가 당신 밥 해주고 챙겨주고 안아주고 사랑도 해주어야 하는데 안아주지도 못 하고 밥도 못 해주고 마중도 못 해주고 미안해서, 미안해서. 당신이 없었으면 나는 어떻게 됐을까. 내가 없었다면 당신은 어떻게 됐을까. 당신이 없었다면 나는 살지 못했을 거야. 하지만 내가 없었다면 당신 은 이렇게 살지 않았을 거예요. 나 때문에 졸업도 못 하고 글도 못 쓰고 일만 해. 나 때문에, 나 때문에"

맹호와 유열이 입사하고 한 달 후 대표는 근태 기록카드를 도입했 다. 그러면서 지각할 때마다 벌금으로 만 원씩 제하겠다는 통보를 해 왔다. 모두들 그런 일이 있을 거라곤 생각조차 못 했다. 그러나 그 처 사 앞에 문제 제기하는 사람도 없었다. 그렇게 한 달이 지났을 무렵 가정을 꾸리고 있던 미홍이 출근 시간에서 몇 분씩 늦은 지각이 세 번 찍히게 된 것이었다. 총무부를 맡고 있던 그녀로선 대표와 상의해 정산을 해야 했는데 자신의 급여 삭감에 대해선 불만을 비치지 않았 지만 영업부장과 편집장과의 형평성 앞에선 불만을 숨기지 않았다. 두 사람은 근태 카드와는 별도로 생활을 했다. 업무가 많고 부득이한 상황이 발생한다는 것이 이유였는데 모두 대표의 일방적 결정이었다. 미홍의 3만 원 삭감 소식에 모두들 단단히 뿔이 났다. 왕눈이 정림이 먼저 나섰다.

"이건 아니잖아요. 왜 사장 멋대로 운영을 하죠?"

빨간 벽돌 소현도 한마디 거들었다.

"치사하게 구는 걸 가지고 싸우기 싫어 가만히 있었지만 이건 아닌 것 같아요. 여기가 무슨 혼자 운영하는 동네 구멍가게야!"

건설현장 때는 쉬는 시간에도 일을 시키려는 사람이 있었고 가구 공장에선 보름의 정규직 전환 시간이 아까워 시작 일자를 바꾸려 했다. 그런데 문화사업 한다며 어깨에 힘주고 다니는 대표가 말단 직원들만을 상대로 해서 부당함을 요구하고 있는 것이었다. 첨부터 막지 못한 것이 화근이었다.

"형! 몇 번이나 말하고 싶었어. 근데 나는 입사한 지 얼마 되지 않아 말하질 못했어. 사장님이 그렇게 하는 것도 이해가 가지 않지만 모두들 아무 말 하지 않는 것이 더 놀라웠어."

지각에 대한 벌금 이야기를 대표가 꺼낸 날 맹호가 한 말이다. 나역시 맹호와 같은 마음이었다. 부장이든, 차장이든 과장이든 오래 근무한 사람들이 나서주길 바랐던 것 사실이다. 몸이 나빠지는 명숙, 벌어질 일들이 잔인하고 두려워졌기 때문이다. 직원의 불만이 감지가 되었는지 급여정산이 있은 지 며칠 후 대표가 회의를 소집했다. 예상대로 대표는 말을 돌리지 않고 바로 언급을 했다.

"요즘 근태 카드 때문에 말들이 있는 줄 알아요. 뭐가 제일 불만인가요?"

잠시 정적이 흘렀다. 모두 입을 열지 않았다. 그때 미홍과 같은 부서인 막내 세진이 나서며 입을 열었다.

"언니만 벌금을 내고 다른 분들은 내지 않으니 언니 속이 상한 거죠."

대표가 미홍을 불렀다.

"미스 최, 그거 맞아요?"

미홍은 고개를 숙이고 말을 하지 않았다. 반 이상은 지각을 하고 때로는 열 시가 넘어서 출근을 하는 편집장도 가만히 있을 뿐이었다. 대표가 다시 말을 이었다.

"회사에는 근태 카드가 있어요. 우리가 늦게 만들었을 뿐이지. 늦은 만큼 차감을 하는 것이 잘못인가요? 규칙이 있으니 지키라는 걸 가지고 섭섭해하면 안 되지 않을까요?"

그때 맹호가 나섰다.

"하지만 퇴근 시간보다 늦게 퇴근한다고 추가수당은 주지 않잖습니까?"

대표는 언짢은 표정을 지며 말을 받았다.

"그날 업무 정리하다가 보면 퇴근 시간은 자연이 조금 늦어지는 거 아닌가! 공장에서 물건 찍어내는 것도 아니고 어떤 출판사에서 정시에 맞추어 퇴근을 하죠?"

"말씀처럼 조금 늦어질 수도 있죠. 또 그것처럼 부득이한 사정으로 몇 분씩 지각할 수도 있습니다. 그런데 합리적 계산을 통한 정산이 아니라 무조건 시간 당 만 원으로 정하신 것은 잘못으로 보지 않으십니까?"

"그건 여러분들이 모두 동의했던 거 아니에요?"

"동의가 아니라 모두들 말하지 못했던 거죠."

대표의 얼굴에 기분 상함이 역력했다. 품위 있게 행동하려던 사람, 아랫사람에게 반말하는 경우가 거의 없는 사람 그러나 그것을 내면의 모습이라고 단정 지을 순 없을 것이다. 대표가 자세를 바로 하며 다시 물었다.

"자, 다시 한번 말할게요. 근태 카드에 기분 나쁜 사람 또 있어요?"

있으면 말하라는 것이었다. 소현의 입이 몇 번이나 쭈뼛댔다. 정림도 마찬가지 대표와 종씨인 주영은 입술을 깨문다.

"그거 알아요. 사장님께서 종씨라고 절 예뻐해요. 지나칠 정도로 잘 해주니 하고 싶은 말이 있어도 할 수 없을 때가 많아요."

언젠가 주영이 한 말이다. 불어를 전공한 그녀는 차분한 심성을 지니고 있었다. 나서는 걸 좋아하진 않지만 옳고 그름은 반듯하게 구분하는 사람이기도 했다. 하지만 2년이 넘은 회사생활 속에서 말하지 못함이 답답해 입술을 물고 있는 것이었다. 간부들은 딴청을 했다. 키울 자식이 있으니 그럴 만도 하겠지만 아랫사람이 보기에 치졸해 보이기도 했다. 일을 해야 했고 돈을 벌어야 했다. 1등 하지 말고 꼴등 하지 말고 중간만 하라시던 어머니 말씀처럼 명숙이 있으니 이제 그렇게도 살고 싶었다. 하지만 불합리한 처우 앞에서 맹호의 뒤에 숨어 눈치만 보는 비겁자가 될 순 없었다. 중간만 하길 바라셨던 어머니도 반길 일은 아닐 것이기에 근태 카드의 도입이나 지각에 대한 임금삭감에 동의하지 않는 것이 아닌 부장과 편집장을 제외한 100만 원 남짓 받는 말단 직원들에게만 적용하는 불공평과 시급과 맞지 않는 공정하지 못한 벌금제도에 대해 문제를 제기하는 것이라고 불만 사항을 말했다. 안경을 고쳐 쓰며 돌아오는 대표의 대답은 이것이었다.

"영업부장은 할 일이 많아요. 총판과 대형서점을 관리하느라 바쁘다는 거죠. 편집장도 비슷하죠. 그쯤은 같이 일하는 동료로서 이해해줘야 하지 않나요?"

맞는 말이기도 하다. 동료로서 이해해줘야 한다는 말이지만 그 말은 자신에게 이익이 될 때나 꺼내는 말이기도 한 것이다. 기왕 시작한 말 담지 않고 내뱉었다.

"죄송합니다만 사장님, 부장님이 아침부터 거래처를 방문하진 않죠. 편집장 아침부터 작가 만나러 다닙니까? 미홍 씨 아이 유치원 보낼 준비부터 아침밥까지 해놓고 나와야 합니다. 여기까지 출근 시간만 한 시간이 걸리죠. 버스라는 게 항상 정시에 출발해 정시에 도착합니까? 동료를 이해해줘야 한다고 하시는데 미홍 씨와 같은 환경의 직원 입장을 먼저 이해해줘야 하는 것은 아닐까요?"

눈 동그랗게 뜨고 바라보는 편집장 정수, 열심히 글 쓰는 작가이자 노동자인 사람 하지만 부당함 앞에서 자신은 아니라고 모른 척하고 있는 사람, 아무리 본성이 선하다고 한들 단체 속에서 동료의식이 없다면 그를 구성원으로 받아들일 수 있을까. 내가 손해를 보더라도 우리를 생각할 수 있어야 하는 것이고 개인의 이익보단 공동의 가치가 우선돼야 하는 것이다. 십 수 권의 책은 개인의 작품 활동일 뿐이다.

"편집장님, 지금 이런 상황 어떻습니까? 과음했다며 출근하기 힘들다고 매일 말씀하시죠? 업무의 연장선입니까? 사적인 일입니까? 미홍 씨는 부당한 금액을 삭감당하는데 제일 출근 자세가 안 좋은 부장님은 왜 가만히 계십니까? 미안하지 않습니까? 이거 부당하다고 생각하지 않습니까?"

대표의 이와 같은 불합리한 지시와 시행이 아니라면 굳이 그를 비판할 필요가 있을까. 그럴 필요 없다. 서로 이해하고 받아준다면 아무런 문제가 없는 것이다. 하지만 동료의 불합리한 처우 앞에서 모른 척 고개 돌린 채 외면한다는 것, 나만 아니면 된다는 생각, 다른 사람이야 어떻게 되든 나만 아니면 그만이라는 생각, 함께 함이 있어야 마을도 국가도 만드는 것인데 때때로 사람들은 그것을 망각한다. 남의 불행을 보며 나의 행복을 찾고 나만 피해 보지 않으면 된다는 생각들을 가지고 산다. 내 집만 값이 오르고 이웃 지역은 내리길 바라는 것이 사람의 마음이라는 것이다.

출판계에 변화가 불기 시작했다. 인터넷서점의 등장, 상황의 심각성을 인지한 대형서점에서도 준비를 시작하던 시점, 중소서점이 무너지기 시작했다. 중소서점뿐만이 아니라 대형 총판도 부도가 났다. 다급해진 회사에선 미수금이 없도록 조치를 내렸는데 여력이 안 되는 서점에서 잔금을 받기란 쉬운 것이 아니었다. 심지어 6개월째 밀린 서점을 향해 압류조치까지 하게 되었는데 영업사원들이 법원 직원과 함께 간 서점주인 자택에는 이미 빨간 딱지가 여럿 붙어있었다. 변변한 물건도 남아 있지 않았고 혼자 집을 지키던 여고생은 놀란 표정도 짓지 않았다. 회사에선 또 다른 신간이 필요했다.

"승하 씨 오랜만이야."

영풍문고의 동갑내기 남순이 반갑게 맞는다. 그러고 보니 꽤 몇 달이 지난 후다. 왼쪽 눈언저리에 있는 점, 가리려 화장을 하지만 표가 나는 그것을 두고 가끔 점순이라 놀리곤 했다.

"부인은?"

명숙의 안부를 묻는 것이다.

"잘 버티고 있어."

"첫사랑이라며! 좋겠다. 첫사랑과 결혼하고! 내 첫사랑은 어디 있는 지도 모르는데"

"사랑하면 이루는 거야."

"그럼 난 뭐 사랑하지 않았다는 거!"

남순이 눈을 흘긴다.

"그건 알 수가 없지!"

황급히 몸을 돌리며 책장을 향해 뛰어가는 나를 보며 남순이 웃는다.

며칠 전 영업부 차장 유대식이 몇 서점에서 수금한 돈을 가지고 잠적하는 일이 벌어졌다. 서울의 서쪽 지역 동네서점을 관리했기에 금액이 그리 크진 않았지만, 직원이 회삿돈을 가지고 잠적했다는 것에 대표는 얼굴이 상기되어있었다. 영업부장을 다그치며 왜 미리 알지 못했냐며 화를 냈고 지금까지 회삿돈 빼돌려왔던 것은 아닐까 하는 의심을 더 갖기 시작했다. 일찍 회사를 나가 퇴근 무렵에야 오는 사람들이기 때문에 이야기 나눌 시간도 없는 사이였지만 점잖고 조용한 이미지의 그가 돈을 횡령해 갔다는 것이 믿기지 않았다.

"위인전 한 번 기획해보는 거 어때?"

남순이 한 말이다.

"위인전은 많잖아. 출판사마다 다 있는 것이기도 하고"

"전집 형태 말고 몇몇 사람들 것을 단행본 형태로 내는 거 말야."

"생각하는 인물이라도 있어?"

"그거 말해주면 승하 씨, 나 밥 사줄 거야?"

"좋아. 대신 밥값은 점순 씨가 내야 해."

남순의 입술이 또 실룩이며 눈초리가 올라간다.

"영풍문고는 매출 괜찮지?"

인터넷서점을 염두에 두고 한 말이다.

"여기야 뭐 닦아놓은 터가 있으니까. 하지만 변화는 생기겠지. 저렇게 발전하는 거 보면 대세가 아닐까도 해.

"맨날 서서 일만 하지 말고 눈치껏 쉬면서 해. 무릎 아프면 고생한다. 나도 무릎 때문에 1년 고생한 적 있어."

"무릎이 왜?"

"군대 갔다 오고 나서 내리막을 걷질 못했어. 무릎 연골이 안 좋대. 그리고 물이 차서 주사기로 빼고 주사 맞고 치료받고 1년 고생했어."

"당나라 군대 갔다 왔구나! 그러니까 무릎이나 다치지."

"나, 국가기밀부대 출신이야. 기밀이라서 말 못 해줌이 안타까워."

남순의 얼굴에 어이없음이 가득하다.

"에구! 이런 사람이 무슨 기밀부대, 동네에서 초소나 지켰겠지······· 나는 괜찮아. 내 짬밥이 얼만데, 눈치껏 쉬고 잘 해."

돈 벌면 서점을 할 거라고 했다. 가운데는 책상과 탁자를 놓아 차도 팔 거라고 그렇게 하면 두 배 돈 번다며 웃곤 했다.

"내가 서점 하면 승하 씨네 책 제일 먼저 받아줄게."

그녀는 인물에 관한 책을 내보길 권했지만, 나의 생각은 조금 달랐다. 인물보단 과학 관련 책이 더 낫지 않을까 생각을 했고 그 생각에 남순 역시 손뼉을 치며 호응했다. 과학은 내가 좋아하는 분야이기도 했다. 지구와 우주 별자리 등에 대한 호기심이 어릴 적부터 컸던 나였다. 그러나 지구나 생물 자연 등에 국한된 내용보단 보급되기 시작하는 인터넷에 맞추어 컴퓨터와 연결시켜보고 싶었다. 그래서 생각해낸 것이 '클릭! 우주과학', '클릭! 지구생명' 등의 '클릭!' 시리즈였다.

그렇게 편집회의를 거쳐 신간을 확정 짓던 날 오후 나는 지하철 안에 있었다. 그날은 삼성동에 위치한 서울문고를 찾기 위해서였다. 시리즈를 준비하는 동안 가장 많은 도움을 준 사람이 경희였는데 경희

과학물에 해박한 지식을 가진 사람이었다. 6개월 후에 강릉으로 떠난다는 그녀는 말이 아닌 행동으로 보여주는 사람이기도 했다.

오후 시간 때의 전철 안은 한산하다. 타고 내리는 발자국 소리만 가끔 들려올 뿐 흔한 통화 소리조차 들리지 않는 호젓함, 반쯤 눈 감고 생각 속으로 빠져들었다. 첫 소재는 무엇으로 할까, 행성, 우주, 별자리, 동물이나 식물, 바다 이야기 또는 우주선이나 인공위성, 윈도우 즉 창을 하나 열듯 책장을 넘기며 파헤쳐갈 이야기, 그 첫 번째가 될 것에 대해서 생각하고 있던 중 통로 앞에서 앳된 여학생의 목소리가 들려왔다.

"저는 촛불회라는 곳에서 나온 대학생입니다. 촛불회는 백혈병으로 고통받는 환우들을 돕고자 만들어진 단체입니다. 극심한 고통으로 몸부림치는 아이들이 있습니다. 치료를 받아야 하지만 돈이 없어 치료를 받지 못하는 아이들이 있습니다. 백혈병은 많은 돈이 드는 병입니다. 어린아이들이 이 병에 걸려 고통받고 있습니다. 후원금은 모두 아이들에게 쓰이고 있습니다. 안내문이 있으니 보시고 후원을 부탁드립니다. 외면 마시고 아이들과 함께 해주세요."

그녀가 든 사진엔 머리카락이 빠진 여학생과 손가락 V자 해 보이며 웃는 남학생의 모습이 있었다. 그리고 금식 3일째라는 어린 소녀의 모습이 또 있었다. 딱 소영이만한 아이, 아이의 눈이 전철 안 사람들을 보고 있었다. 이야기로만 들었던 병, 가끔 TV에서 보곤 했던 골수이식 장면, 면역력이 떨어져 희멀건 죽을 먹던 아이, 지켜보며 울던 엄마. 소영의 모습이 떠오르고 어머니의 모습이 떠오르고 살이 부으며 쓰러지던 명숙의 모습이 떠올랐다. 친구들 수학여행 갈 때 혼자 남아 독서실 지키던 모습이 또 떠올랐다. 저 학생은 무슨 연유로 무슨 관계로 저기에 선 것일까. 궁금했다. 대화를 나눠보고 싶었다.

촛불회는 지방 대도시에 거점을 둔 자선단체였다. 전국에서 후원을 받아 치료가 필요한 아이들에게 지원을 하는 단체인데 그녀도 그곳을 안 지는 오래되지 않았다고 했다. 우연히 알게 되어 본 모습이 너무 참담하여 나오게 됐다는 것이었다.

"어제 웃었어요. 그런데 오늘 하늘나라로 떠나죠. 골수이식만 받으면 된다고 희망을 가져요. 그런데 돈이 없어요. 기다리다 별이 돼요. 어른들도 견디기 힘들다는 치료를 받으며 울어요. 아이도 울고 엄마도"

그녀가 건넨 종이에 여러 사연들이 있었다. 고2 민지의 사연과 일곱 살 주진이의 사연, 웃고 있는 종욱이의 사연, 뭔가 도움이 되고 싶었다. 그래서 명함을 건네며 돕고 싶으니 관련 자료를 보내줄 수 있겠냐고 물어보았다. 그녀의 얼굴에서 함박웃음이 번졌다. 마음만으로도 고맙지만 도와준다면 더 고맙겠다며 자료를 보내주겠다고

여성민이라는 다소 독특한 이름의 사내 하나가 회사를 찾아왔다. 그의 가방에는 사진과 사연, 비디오테이프, 편지 등이 들어있었다.

"아직 확정된 것은 아닙니다. 그러나 아이들에게 도움이 되고 싶습니다. 여기가 아동 책을 내는 곳이니까요."

그는 고맙다며 자료가 더 필요하면 말하라고 했다. 그러나 가지고 온 것만으로도 자료는 충분했다.

간절한 요구가 있었기 때문일까. 영업부장도 대표도 취지에 찬성하며 서점과의 조율 및 진행 등을 책임지고 하라고 했다. 바로 서점을 찾았다. 서점 영업팀장을 찾아 취지를 설명하고 동참해줄 것을 말했지만 작은 출판사인 까닭에 큰 공간을 내주는 것을 부담스러워했다. 하지만 매출보단 취지를 강조했고 이유를 설명했다. 그 결과 을지문고와 서울문고에서 동참을 이끌어냈다. 행사는 여름방학을 맞아 보름간 진행하기로 했다. 서점에선 비디오를 틀 TV와 현수막과 매대를 지원하고 행사 때 판매할 책을 주문했다. 모금함은 어둡지 않도록 편집부에서 직접 만들었다. 또 안내문도 만들어 서점 곳곳에 비치를 해두었다. '행사를 통해 발생한 수익금 전액은 백혈병 어린이 후원금으로 쓰입니다!' 라는 것이 핵심내용이었다.

"당신의 표정이 이렇게 밝은 거 오랜만이야."

"내가 그랬나?"

"응, 웃었지만 지금처럼 활기가 넘치진 않았어. 당신 모습 같아."

명숙이 행운목을 보며 말을 이었다.

"당신은 언제나 당당했어. 여리면서도 소신 앞에선 굽힘이 없는 사람이 당신이었어. 이번 행사도 잘 해낼 거라 믿어. 아무것도 생각지 말고 당신 마음 가는 대로 하길 바래. 그것이 한승하니까."

벌써 출판사에 몸담은 지도 3년이 지났다. 가을에는 방 두 개인 집으로의 이사도 가능할 것 같고 명숙의 건강 역시 한결 나아지고 있었다. 가까운 공원을 찾아 산책도 하고 이웃과 대화도 했다. 나의 요구이기도 했다. 활동을 해야 마음도 밝아지고 건강도 찾을 수 있기 때문이었다. 더욱 다행인 것은 학원 다닐 때 같이 근무했던 민지가 결혼을 하며 더 가까운 곳으로 이사를 한 것이었다. 밝은 성격에 사교성도 좋고 배려심도 많아 명숙에게 좋은 벗이 돼줄 사람이었다.

"언니는 애 안 가져?"

"그이가 전세가서 가지자고 해서."

"형부도 걱정이 팔자야. 낳으면 다 크는 거야. 뭐 그렇게 어렵게 생각을 해."

명숙이 웃으며 말한다.

"김 선생이 모르는 거야. 그이가 얼마나 고생했는지. 그런 가난을 물려주기 싫은 거야."

"미안해서 그렇지."

"뭐가?"

"사실 나 임신했거든! 3개월!"

그녀의 남편은 그곳이 토박이인 사업가라고 했다. 건축가로부터 하청 받아 일을 하는데 수입도 상당하다는 것이었다. 남편이 먹여 살리는 사람도 많다며 때론 잘난 척도 했다. 그럴 때마다 명숙은 이런 말을 해주었다.

"먹여 살려주는 사람은 없어. 서로가 돕는 거야."

"누가 몰라. 말이 그렇다는 거지!"

그녀가 눈을 흘기며 말을 잇는다.

"출판사 월급 짠데 형부도 이 일 하면 더 낫지 않을까?"

"사람이 돈만 보고 사는 건 아니잖아. 그이는 그이만의 생각이 있어. 내가 말하지 않아도 알아서 잘 할 사람이야."

"뭐 세상에 이런 사람이 다 있어. 언닌 형부밖에 모르는 것 같아. 그저 그이, 그이, 형부가 그렇게 좋아?"

"김 선생은 신랑 사랑 안 해?"

"사랑하지."

"사랑하면 다 똑같은 거야."

"……"

"내가 그이를 첨 만난 건 대학교 2학년 때야. 그때 그인 알다시피 고1이었어. 처음 보는 고등학생의 모습이었어. 생각도 깊고 행동도 바르며 누구보다 정의를 생각하고 나를 사랑했어. 그이가 없었다면 지금의 내가 있을까. 한때는 내가 그늘이 돼주기도 했었는데 이제는 이렇게 아이가 돼버렸어. 항상 미안해. 그이만 생각하면 나 때문에 고생만 시켜서"

행사 아르바이트생이 일을 참 잘 해주었다. 값싼 사은품 챙겨주는 것도 잊지 않았고 취지에 대해서도 잘 설명해주었다. 준비했던 책도 한 주일 만에 소진될 만큼 판매도 잘 이루어졌다. 한 책당 기본 50부의 비치였는데 기대 이상의 판매가 이루어진 것이었다. 서점 측의 노력도 고마울 따름이었다. 아르바이트생에게만 맡기지 않고 자체 직원들을 보내 도움을 주었다. 을지문고의 향미와 서울문고의 경희 힘이 컸다.

"영업팀장님이 뭐래시는지 알아요?"

서점을 찾은 나에게 향미가 물어왔다. 향미는 작은 키에 얼굴이 납작하며 살결이 유난히 흰 사람이다. 책을 쓰는 것이 꿈이라는 그녀는 야간대를 다니며 공부하고 있었다. 까칠하고 톡톡 쏘는 자인과는 달리 심성이 푸근한 사람이었다. 자인은 향미의 동료이다. 그런데 어쩜 그렇게 대비가 되는지 항상 신기할 따름이었다.

"행사가 잘 되고 있으니 기쁘다고 하시겠죠."

향미가 머릴 흔들었다.

"아뇨, 아저씨가 대단하대요."

"제가 왜?"

"이거 고도의 마케팅이래요."

그녀가 웃었다.

"그럴지도 모르죠. 그러나 더 중요한 것이 있잖아요."

"제가 왜 모르겠어요. 그냥 그렇다는 거죠. 과감하게 작은 출판사에서 이런 행사를 기획하여 한다는 것에 놀라워하세요. 흔치 않은 일이니까요."

"말씀드렸듯이 그 학생을 만나지 않았다면 저도 모르고 살았겠죠. 사람들은 나만 아프다고 생각하죠. 그런데 아픈 사람들이 많더라구요. 함께 하는 세상이었으면 좋겠어요."

"아저씬 만드는 것 보다 쓰는 것이 더 어울릴 것 같아요. 그럴 것 같아요."

"에구, 글은 아무나 쓴답니까. 저는 글 쓰는 것과는 거리가 멀답니다. 재능이 아주 없어요!"

향미가 다시 웃는다.

"어쨌든 책이 많이 팔리고 있어 다행이에요. 좀 더 많은 돈이 지원됐으면 좋겠어요. 그리고 아저씨, 저도 성금 냈어요."

두 손가락을 세우며 흔들어 보인다. 바쁘고도 열정적으로 뛰었던 보름이었다. 그렇게 보름이 지나 행사를 마치며 서점 관계자와의 합석 아래 모금함을 개봉했다. 책 판매분은 반품을 제외하고 월말에 입금이 될 것이다. 향미와 경희의 말로는 판매량이 상당하다는 것, 평상시 무지개 월매출에 비하면 열 배도 넘을 거라는 것이었다. 도서 원가를 빼더라도 꽤 많은 돈을 보내줄 수 있을 것 같았다.

"곧 정산해서 판매수익금도 보내드리겠습니다. 아이들의 치료에 보탬이 되었으면 합니다."

여성민이 말했다.

"그저 감사할 따름입니다. 잊지 않겠습니다."

월말이 지나고 초가 되기까지는 그리 오래지 않았다. 희망에 들뜬

나에게 그 시간은 즐겁기만 했다. 만 원짜리 책 한 권을 서점으로 보낼 땐 대략 칠천 원 전후로 보낸다. 30% 정도가 서점의 마진이다. 정확하진 않지만 가격의 반이 인쇄비와 운영비로 쓰인다. 그럼 권당 이천 원의 수익이 생기는 것이다. 행사 기간 오천 부 이상의 책이 팔렸다.

"식사하세요."

어머니가 밥상을 차리며 아버질 부른다. 담뱃진 묻은 손을 씻고 들어서는 아버지의 얼굴에 심통이 가득이다. 얼핏 살핀 밥상 위가 채소뿐이기 때문이다.

"또 이것 뿐이가?"

"여기 청국장 끓여 놓았어요."

있어야 올릴 일이다. 돈도 자신이 관리를 하고 50리가 떨어진 면 소재지로 장을 보러 가기도 어려운 일이다. 하루에 버스가 이웃 마을까지 두 번밖에 다니지 않아 아침에 가면 저녁이 돼서야 올 수가 있는데 농사철에 쉬이 갈 수 있는 길일까. 직접 가꾸는 채소가 주를 이룰 수밖에 없는 일이다.

"딴 집은 고기도 올리고 하드라만은 니는 어쩨 맨날 나물뿐이고? 밥도 단 한 번 제대로 한 적이 없고, 질지 않으면 누룽지고"

사실 아버진 취사병 출신이다. 배고플 당시 꿀보직과 같은 것이었는데 자식 둘을 낳고 군대에 갔지만, 자신만 고생한 줄 알지 어머니의 고생은 모르는 사람이다. 고기가 먹고 싶으면 고기를 사 오든지 시장을 다녀오라며 시간을 주면 되는 것임에도 없다고만 투정이다. 그도 그것을 모르진 않는다. 그런데 알면서도 그러니 더 나쁜 것이다. 식사 전부터 짜증을 부리지만 어머닌 할 말이 있었다.

"승하 아버지"

"……"

"올 해는 승하 식 올려줘야 되지 않을까요?"

"결혼식 말이가?"

"예."

"올려 달라 하더나?"

"아니요. 걔가 언제 해달라고 부탁하는 거 봤어요?"

"근데 왜?"

"저래 살고 있는데 식이라도 우리가 올려줘야 하지 않을까 하구요."

"작년에 집수리한다고 돈 다 써서 뭐가 있어야제."

"영농자금 타서 해주면 안 될까요?"

"그건 빚 아니가? 그래 빚 때문에 고생하고도 또 영농자금 타령이가?"

"그래도 자식인데. 그리고 우리가 걔한테 해준 것도 없잖아요."

"지가 택한 거다."

그 말에 어머니의 목소리가 커졌다.

"당신은 건하와 지하는 챙기면서 왜 승하한테만은 그렇게 소홀하죠?"

"야 봐라. 건하는 맏이고 지하는 건하 대신 한 거 아니가. 내가 뭘 승하한테 소홀했다는 거고?"

"당신은 승하한테 소홀했어요. 다른 애들한테는 용돈도 주었지만 승하한텐 방세 한 번 안 줬어요."

"몇 번을 말하노? 지가 선택한 거라는 말을!"

"선택을 했다고 해도 자식인데 어떻게 이렇게 무책임할 수가 있냐구요!"

목소리가 높아진 어머닐 보며 아버지가 숟가락을 던지며 쏘아본다.

"지금 내한테 덤비는 기가?"

"덤비는 게 아니고 식이라도 우리가 올려주자구요."

"돈이 어디 있어 식을 올려주냔 말이다."

"돈 있잖아요. 집수리한다고 다 쓰지 않았잖아요. 요즘은 돈 나갈 때도 없잖아요. 쥐고 있지 말고 올해 우리 승하 식 올려줘요. 불쌍하지도 않아요?"

"이게 진짜 밥맛 떨어지게 끝까지 덤비네. 그놈 그거 니만 알지 나한테는 신경도 안 쓰는 놈이다. 니한테만 말하지 내한테는 말도 걸지 않는 놈이다. 내가 그걸 모를 줄 아나? 지 공부시켜주지 않았다고 본 척만척 하는 거"

"그것이겠지요. 승하한테만 모질게 하는 거. 우리가 싸울 때 걔가 어디에 있었는지 생각 좀 해봐요. 방문 밖에서 보다가 울며 도망가던 모습 생각 안 나요? 날 부여잡고 울 때 당신은 TV만 보고 있었어요. 건하가 날 마당에 던질 때 다 본 애가 승하라구요. 왜 승하를 탓하죠? 걔가 당신한테 잘못한 게 뭐가 있어서 왜 승하만 탓해요!"

어머니의 얼굴이 붉어진다. 아버진 다시 어머닐 향해 험담을 하고는 방문을 걷어차며 밖으로 나갔다. 소영이 죽고 잠자리를 하지 않는다는 이유로 어머닐 여우라고 말한 아버지다. 악독하고 인간도 아닌 년이라고 험담을 한 아버지다. 못 잊어하던 사람을 만나 보금자리 튼 아이, 그것만이라도 해주고 싶었다. 하지만 아버지의 동의 없인 어머니에겐 방법이 없었다.

"사장님 그게 무슨 말씀이죠? 지급할 수 없다니요!"

"지금 말하지 않았나. 성금 보냈으면 됐지 책 판매 수익금까지 보내라니."

"처음부터 약속했던 것 아닙니까. 수익금은 자선단체로 보내겠다고 약속했던 것 아닙니까?"

대표가 수익금 지급 약속을 반대하고 나섰다. 많은 책이 팔리고 일시적으로 큰돈이 들어오니 욕심이 생긴 것이었다.

"회사는 땅 파서 먹고 사는 게 아니잖아요? 안 그래요 한 대리!"

"그럴 것 같으면 왜 행사를 했죠? 지급하지 않을 거면서 왜 아이들 사진 걸고 책을 팔았죠?"

"행사를 통해서 성금 모아 보냈잖아요. 그것이면 되지 않나!"

이게 무슨 말인가! 회의 시간 누구 하나 나서지 않음이 더 황당하다. 영업부는 아주 모르는 척하고 편집원들은 불만 가득한 얼굴이지만 말을 꺼내지 않는다.

"행사취지가 무엇이었습니까? 행사를 통해 성금을 모으고 책을 팔아 수익금을 백혈병 어린이들에게 보내는 것 아니었나요? 현수막과 안내문은 어떻게 만들었습니까? 백혈병 어린이 돕기 행사라고 하며 행사 수익금 전액은 단체로 지급됩니다라고 하지 않았나요? 아이들 이용한 것입니까? 아이들 사진 걸고 장사한 것입니까?"

"좀 심하다고 생각지 않나! 요즘 인터넷 서점이다 뭐다 해서 회사가 얼마나 어려운지 몰라. 아주 안 준 것이 아니라 성금은 보내지 않았나?"

"성금이 회사에서 준 것입니까? 시민들이 모은 것 아닙니까. 우리와는 아무 상관이 없는 겁니다. 우리는 회사 알렸잖아요. 그것이면 되지 않습니까. 왜 약속을 지키지 않습니까. 왜 아이들을 상대로 장사를 하려 하십니까?"

"세상 어떤 출판사가 수익 전체를 기부하죠? 말이 되는 소리라고 생각해요?"

"그런데! 왜 그런 약속을 하고 진행을 하게 한 것이냐는 겁니다."

"그야 한 대리가 간절히 하자고 하니까 한 거 아니야."

"처음부터 돈 보낼 생각이 없었다면 하지 말았어야지, 왜 아이들의 아픔을 가지고 장사를 합니까! 우리 회사 모토가 어린이에게 꿈과 희망을 아닙니까? 이것이 아동 출판사를 운영하는 대표의 자세입니까?"

대표의 얼굴이 일그러졌다.

"자네 지금 나를 가르치려 하나?"

"가르치려는 것이 아니라 아닌 것을 말하는 것입니다. 수익금 지급은 아이들과 한 약속입니다. 책을 사준 것은 아이들에게 도움이 되길 바란 시민들의 마음이구요. 그렇지 않았다면 보름 사이에 두 곳의 서점에서 오천 부가 팔렸을까요? 지급하십시오. 하지 않는다면 이 같은 사실 다 알릴 것입니다. 이딴 식으로 장사한다는 거 출판 서점계에 다 알리고 말 것입니다."

"자네 월급은 어디서 나온다고 생각하나? 회사가 있어야 직원도 있고 월급도 있는 거야."

"독자가 없다면 회사도 없죠. 회사가 사라지는데 명예욕은 남겠습니까? 독자 없이 그 모든 것이 가능하리라 보십니까?"

"이 회사가 자네 것인 줄 아나? 왜 자네 멋대로 하려고 하지!"

"말씀은 바로 해야지요. 제가 언제 제멋대로 하려 했습니까? 약속을 뒤집은 건 사장님이고 저는 약속을 지키라고 하는 것뿐입니다. 안 그렇습니까?"

주위를 둘러보았다. 여전히 외면하고 있는 영업부장, 그에게 필요한 건 200만 원의 수입이다. 하지만 아이를 키운다는 사람이 그러면 안 되는 거다.

"부장님도 아이 키우시죠. 걔들한테 아동 출판사에 다닌다고 말씀하시겠죠. 아이들 얼굴 똑바로 볼 수 있겠습니까? 부장님도 허락한 거 아닌가요? 열심히 해보라고 했던 것 잊었나요? 자식을 키우는 부모 입장에서 어떻게 모른 척 외면하고 있죠? 이렇게 회사를 다녀야 합니까? 잘릴 것이 두렵습니까? 누가 누굴 자릅니까? 뭉쳐 하나가 되면 누가 자를 수 있습니까? 가구 공장에서도 직원들은 하나로 뭉쳐 부당함과 싸웠어요. 그런데 문화사업을 한다고 하는 출판인의 자세가 고작 이것입니까?"

나는 편집장을 향해서도 말을 이었다.

"편집장님은 왜 가만히 있습니까. 안정적으로 돈 벌고 틈틈이 글 쓸 수 있으니까 꿈만 같은 직장입니까. 당신 아이 내일모레 초등학교에 입학한다면서요? 동화책 십 수 권 냈다고 자랑하더만요. 좋은 일이라고 말하지 않았나요. 그러면서 돕겠다고 함께하라며 직원들께도 말하지 않았나요? 그런데 왜 가만히 있죠. 불만이 가득하면서 왜 한마디도 보태지 않는 거죠?"

정림과 소현, 주영을 향해서도 말을 이었다.

"제 말이 틀렸습니까? 여러분께서는 이것이 정당하다고 생각하세요? 함께 고생했잖아요. 그런데 왜 꿀 먹은 벙어리죠. 내가 잘못하는 것입니까?"

그제야 소현이 고개를 들며 대답했다.

"아니요. 한 대리 잘못한 거 없어요. 한 대리 말이 맞아요. 사장님께서는 왜 약속을 지키지 않으시죠? 이거 너무한 거 아닌가요?"

정림이 소현의 말을 이었다.

"맞아요, 비디오 속의 아이들 모습 눈에 선해요. 우린 그 아이들을 도우려고 행사를 한 거예요. 사장님께서도 그러셨잖아요. 수익금 지급한다고, 근데 왜 이제 와서 이러시죠? 이건 부끄러운 짓이에요."

같은 종씨라고 나서지 않던 주영도 대표를 향해 입을 열었다.

"저는 지금껏 사장님의 뜻에 반하는 행동한 적 없어요. 그런데 이건 사장님의 명백한 잘못이에요. 저 역시 받아들일 수가 없어요. 되돌리지 않는다면 저는 한 대리와 함께할 것이고 사장님과 종씨라는 것을 영원히 부끄러워하게 될 거예요."

대표는 앉은 자세 그대로 한참을 있었다. 나는 자리에 선 채로 계속 말을 이었다.

"다시 말합니다. 저는 약속을 지킬 것을 말하는 것이고 그렇지 않다면 이 회사가 어떤 회사인지 얼마나 파렴치한 곳인지 다 알릴 것입니다. 회사가 있어야 한다구요. 이런 회사라면 반드시 망하게 할 것입니다. 아픈 아이들을 이용해 배 불리는 곳이라면 나는 다니지 않을 것이고 사회에 존립해있을 필요도 없는 곳이니, 배를 굶는 한이 있어도 그냥 있지 않을 것입니다. 뭐 이런 경우가 있죠. 이러고도 어린이책을 만드는 출판사라고, 문화사업 한다고 어깨에 힘줍니까!"

그날 이후 편집부는 업무를 거부했다. 맹호가 있는 자재부에서도 업무를 거부했고 오직 영업부만이 출근했다가 거래처로 향할 뿐이었다. 맹호는 혼자 두지 않겠다며 힘을 주었다. 회사를 그만두더라도 이것은 그냥 넘어갈 수 없다며 목소리를 높였다.

"한 대리 잘리면 어째?"

정림이 하는 말이다.

"제가 왜 잘려요? 제가 얼마나 질긴 목숨인데, 이런 걸로 잘리면 한승하가 아니지."

"맞아, 한 대리가 왜 잘려. 만일 그랬다가 내가 빨간 벽돌로 찍어버릴 거야."

소현이 손을 높이 들었다.

"걱정 마요. 우리가 함께해줄게요. 그깟 돈이 뭐라고 양심을 팔아. 우리가 한 대리 지켜줄게요."

"갑자기 회사가 다니기 싫어져. 이러면 안 되는 거잖아. 우리 모두 한 대리와 함께 얼마나 열심히 했어. 안 그래?"

9월도 보름이 더 지났다. 그러나 그때까지도 수익금은 지급되지 않았고 볼 때마다 미홍은 힘없이 고개만 가로저었다. 완강히 업무를 거부하는 직원 앞에서 대표도 적잖이 당황했지만 돈 앞에선 끝까지 양심을 팔고 있는 것이었다. 벤츠 몰고 다니며 출판사 운영한다며 어깨 힘주던 사람이 고작 수익금 얼마 앞에서 그러고 있는 것이었다.

〈당신 너무 힘들어 보여. 내가 도와줄까? 내가 함께해줄까? 어떻게든 돕고 싶어. 당신 혼자 그러는 거 보고 있기 힘들어.〉

"이유가 뭡니까?"

"……"

"제가 입사하여 낸 책이 얼맙니까? 히트 친 책이 몇 종이죠? 수고했다며 칭찬한 것이 몇 번입니까? 그런데 이제 와서 저를 해고하겠다는 겁니까?"

"끝까지 지시를 따르지 않는 사람을 어떻게 계속 두고 쓰나?"

"그것이겠지요. 그 때문이겠지요. 어떻게 이렇게까지 잔인할 수 있습니까? 부끄럽지 않으십니까? 사장님께서도 비디오 보지 않으셨습니까? 의사들이 힘으로 일곱 살 아이의 허리를 휘어잡고 주삿바늘 찌르는 장면 보지 않으셨습니까? 우는 아이의 목소리 듣지 않으셨습니까? 그 아이들에게 약속한 것입니다. 제가 잘못한 것입니까? 어떻게 이렇게 잔인할 수 있습니까?"

"한 대리, 몇 번을 말해야 하지! 쓰러지는 서점과 출판사 보이지 않나! 우리가 기부를 받아 운영하는 자선단체인가? 딸린 식구가 몇 명인가? 왜 회사 사정은 생각지 않고 명분만 찾고 있나?"

"명분 없이 사업을 합니까? 돈이라는 것이 그렇게 큰 가치를 가진 것입니까? 돈 몇 푼에 양심을 파실 겁니까?"

하지만 대표는 요지부동이었다. 모금액 줬으면 된다고 그만이면 됐다고 같은 말만 되풀이 했다. 세상은 생각하는 것과는 너무도 달랐다. 대표를 상대로 할 수 있는 것이라곤 법에 고소를 하거나 고발하는 것뿐이며 해고 앞에선 선배조차 한숨을 쉬었다.

"법을 위반하고 노동력을 갈취했다면 모르지만, 이것은 그와 다른 케이스야."

여성민에게 전화를 했다. 상황을 설명하고 고발하겠다고 그래도 되겠냐고 물어보았다. 하지만 여성민은 법 다툼으로 이어지는 것을 원치 않았다.

"우리가 고소하게 되면 한 대리님도 피의자가 됩니다. 우리는 괜찮습니다. 후원 사업을 하며 이보다 더 한 일 많이 겪었답니다. 보여도 알아도 말하지 못하고 하지 않죠. 왜일까요? 성금 받았잖아요. 아파 마세요. 그만하면 됐습니다."

9월의 하늘 아래서 거리에 섰다. 행사를 한 을지문고와 서울문고에는 위 사실을 알리며 단절을 요구했다. 아울러 전단지를 만들어 돌리고 교보문고 앞에선 1인 시위를 시작했다.

〈양심 없는 출판사를 고발합니다. 인면수심의 대표를 고발합니다.〉

하지만 이십여 년의 회사 운영으로 뻗은 뿌리는 생각 외로 완강해 쉬이 넘어지지 않았다. 130만 원이 200만 원이 양심보다 더 소중한, 비겁하고 용기라곤 없는 사람들, 정문이 아닌 후문을 이용해 교보를 찾고 서울문고와 을지서적 앞에선 오해라며 변명만 늘어놓는 사람들, 지고 싶지 않았다. 약속한 수익금 돌려주고 싶었다.

"승하 씨!"

쉬는 날을 맞아 교보문고 앞으로 남순이 찾아왔다.

"언제까지 이러게? 이러다가 승하 씨가 먼저 간다. 승하 씨 이야기 듣고 승하 씨 회사 책 아니 도둑놈네 책 다 뺐어. 잘 보이지 않는 귀퉁이에다가 처박았어. 그런데 웃기는 건 요즘 영업부장이 하루가 멀다 하고 찾아와 주임이랑 얘기를 하고 있는 거야. 주임이랑은 10년을 넘게 알고 지낸 사이니까."

"남순 씨!"

"응"

"그거 알아요?"

"뭐?"

"수진이가 죽었어. 일곱 살 아이였는데 환히 웃고 있었거든. 그런데 얼마 전에 들었어. 죽었다고, 미안해하지 말래. 내가 이러는 게 더 미안하대. 그만하면 됐다고, 성금만으로도 고맙다고"

말을 잇지 못하던 남순이 두 팔 벌리며 안는다.

"기억해요. 난 승하 씨와 마음 함께 한다는 거. 그러니 너무 아파 말고 힘내요."

가을의 끝자락, 두 달여의 투쟁이 이어졌지만 회사는 망하지 않았다. 편집장을 제외한 편집부 전원과 맹호가 회사를 떠났다. 전원이 떠나는데 대표는 왜 잡지 않았을까. 근태 카드와 행사, 직원들의 태도, 출간된 신간! 예전에 일하던 곳으로 가게 되었다는 정림과 소현, 우리나라가 아닌 대만으로 떠난다는 주영, 맹호는 세상이 더럽다며 꼭 사시 합격하여 저런 인간들 벌줄 것이라 했고 소현은 편집자 구인공지를 보면 연락주겠다고 했다. 월세를 사는 가난한 형편에 두 달째 수입이 끊기었다. 모으긴 힘들어도 나가는 것은 쉬운 법, 가을엔 방 두 개인 집으로 이사 갈 거라 여겼는데 해직으로 먼 일이 되었다.

겨울이 시작되며 지방을 찾았다. 건설현장에서 일하던 태수가 사연을 알게 된 것이었다. 대뜸 그는 이렇게 말했다.

"요즘 내가 돌 일을 하고 있어. 건물 외벽에 대리석 붙이고 계단 작업하는 거야. 이제는 기술자가 되어 일당도 많이 받아. 질통 지는 것보단 나을 거야. 자네 오면 내가 8만 원씩 계산해줄 테니 한 달만 일하고 올라가."

명숙은 반대를 했다. 자신이 일을 시작했다고 다시 힘든 일은 하지 말라는 것이었다. 무엇보다 혼자 있는 것이 무섭다는 것이었다.

"가지 마 여보. 내가 일하잖아. 그동안 회사 알아봐. 다시 어떻게 그런 일을 해. 내가 못 보내. 추운 겨울에 힘든 현장으로 다시 당신 보내지 못해. 그리고 나보고 어떻게 혼자 지내라고, 나는 당신 없으면 못 살아. 알잖아. 힘들어도 우리 함께 있어."

그러나 그냥 있을 수가 없었다. 취직은 어렵고 겨울이 되면 현장일도 줄어드는 법 돈을 벌어야 했다. 그래야 방 두 개인 집으로 이사 갈 수 있기 때문이다. 붙잡는 명숙을 뒤로 하고 태수가 있는 지방을 찾았다. 하얗게 센 머리의 태수 첨 만났을 때의 그 쌀쌀한 표정이 아닌 밝은 표정으로 반기고 있었다.

"자네를 통해서 내가 배운 것이 많다네."

하지만 돌 일은 만만한 것이 아니었다. 직사각형의 대리석은 40kg에 불과하지만, 중간에 들어가는 혹부리(돌출되어 층을 표시해주는 돌)는 80kg에 달했다. 그것을 지고 계단을 올라 외벽에 세운 철제구조물에서 시멘트벽에 고정을 시켜야 했다. 부는 바람을 맞으며 휘청대다 보면 손은 금방 뻐근해 왔다. 그래도 한 달만 일하면 출판사 두 달 치 월급은 된다. 먹여주고 재워주니 쉬지 않고 일해서 명숙의 손에 앞치마를 사줄 것이다. 저녁마다 명숙과 통화를 한다. 첨 일주일은 울음을 그치지 않았다. 그럴 때마다 이렇게 말을 했다.

"우리가 어떻게 살았는지 알잖아. 당신과 나는 데모도 하던 사람이야. 당신 그렇게 용기 있게 행동하던 사람이었어. 근데 한 달을 못 참아. 조금만 기다려. 한 달 금방 가는 거야. 내가 당신 기다린 세월에 비하면 아무것도 아니야."

그런데 일이 풀리지 않으려면 다 해놓고도 죽 쑨다는 말이 맞는 모양이었다. 외벽공사가 거의 끝나갈 무렵 건축주로부터 돈을 받은 돌 공사 책임자가 도망을 친 것이었다. 함께 일하던 사람이 다섯, 가장 난감한 것은 태수였다. 자신이 불러오게 한 것인데 이런 일이 벌어진 것이었다. 건축주를 찾아갔다. 돌 공사 책임자인 기섭의 소재를 찾아야 하기 때문이었다.

"공사 계약을 하면서 계약서도 쓰지 않는다는 것이 말이 됩니까?

계약서를 쓰면 주소가 있을 것 아니에요?"

하지만 집은 이미 비어있었다. 그의 집도 아니었다. 단칸방을 얻어 임시로 기거하던 방, 건축주가 하청업자에게 대금을 지급한 상황이라 건축주를 상대로 돈을 받을 방법은 없다. 기섭을 상대로 소송을 걸어야 하는데 한숨이 나온다. 답답하다. 주먹은 가깝고 법은 멀다더니 맞는 말이다. 어떻게 해야 하나, 어떻게 해야 받을 수 있나. 그놈 찾아 헤매다닐 시간이 없다. 명숙은 어떻게 하나. 왜 이런 일이 되풀이 되나. 태수에게 화풀이라도 하고 싶다. 당신이 오라고 한 것이니 당신 돈으로 인건비 달라고 말하고 싶다. 태수가 부른 것이다. 태수야 업자를 찾아내 받든 말든 그건 태수의 일이다. 태수가 불렀지, 업자가 부른 것이 아니다. 내가 왜 태수 입장까지 배려해주어야 하나. 자기가 8만 원씩 준다고 했으니 주어야지. 돈 못 받으면 못 준다고 했으면 내려오기는 했나! 태수가 줘야 하는 것이다. 자기 돈으로 내주더라도 태수가 줘야 하는 것이다. 외벽에 붙인 대리석을 깨버리고 싶다. 미안하다 하면서도 끝내 내 돈으로라도 인건비 줄게 하지 않는 태수를 바닥에 패대기치고 밟아버리고 싶다. 명숙을 혼자 남겨두고 온 이유가 무엇인가. 하루 일당 8만 원 벌려고, 그 돈 벌어 앞치마 사줄 거라고 그래서 내려온 것이다. 그런데 이러면 안 되는 거잖아. 나에게 이러면 안 되는 거잖아. 다는 아니어도 반이라도 네 돈으로 줘야 하잖아. 그놈 잡아야 한다는 말만 하고 있으면 어쩌라고 이 썩을 놈아!

인력시장을 나갔다. 잠시 머물 직장은 무의미했다. 바라는 직장이 아니라면 돈을 더 벌 수 있는 것이 최선이다. 벽돌이든 미장이든 잡부든 가리지 말아야 한다. 이삿짐이든 청소든! 일이 없는 날이면 노동센터를 찾았다. 아침에 준비해놓은 정보지를 훑어본다. 하지만 구인업체는 많지가 않고 마음에 드는 회사는 조건이 대졸이다.

그런 와중에 민지가 명숙에게 제안을 했다. 남편이 하는 일을 함께 하면 어떻겠냐는 것이었다. 빨리 배우면 짧은 시간 안에 독립할 수도 있고 기술을 터득하면 보수가 상당하다는 것이었다. 무엇보다 1년 동안은 월급제로 쓴다는 것이었는데 제시한 금액이 200이었다. 출판사의 두 배 수준이다. 1년이 지나고 기술 배워 한 가지 일만 하더라도 한 달에 300은 거뜬할 거라는 것이었다. 그러나 명숙은 다시 건설현장으로 보낼 수 없었다. 그래서 이야길 듣고도 한동안 말하지 않았지만 이른 새벽 찬바람 맞으며 인력사무소를 찾는 모습을 더는 볼 수 없었다. 그것보단 나을 거라고 휴일은 쉬니 나을 거라고 주문을 걸었다. 원하는 직장을 구할 때까지만 그때까지만 하면 된다고 주문 걸며 얘기를 꺼내던 날, 나는 망설임 없이 그러겠다고 했다.

"당신이 또 힘든 일 하는 것이 마음 아파."

명숙에게서 이야기를 듣고 바로 일을 시작했다. 민지의 남편 영호는 사람 상대도 잘하고 배포도 컸다. 또 일 욕심도 많았다. 스무 살 때부터 시작했다는 그는 한눈에 봐도 직업을 알 수 있을 정도였다.

영호의 사무실은 그리 크지 않았다. 변호사무소, 법무사무소, 건축

사무소 등이 밀집해 있는 중심가와 멀지 않은 곳 걸어서 5분 거리엔 로데오거리도 있다. 30평 남짓했다. 경리업무를 보는 여직원 하나에 현장관리를 하는 남직원 두 명, 여직원 숙희의 얼굴엔 끼가 넘쳤고 소장을 맡고 있는 나이 50의 두식은 거만함이 가득했다. 승찬은 20대 중반의 총각이다. 학창시절 권투를 했다더니 생김새가 다부졌다. 두식과 승찬은 사무실에 머무는 일이 거의 없었다. 출근하기가 무섭게 현장으로 가야 했고 숙희만이 30평 사무실을 지켰다. 사무실 안의 별도 공간이 영호가 머무는 회장실이다. 사무실에 있을 동안의 영호는 전화기만 붙잡았다. 통화가 끝나고 나면 밖으로 나갔는데 어디로 가는지 알지는 못했다.

"인사하시죠. 오늘부터 같이 일하게 된 한승하 씨라고 합니다. 옛날에 현장 일을 좀 했다고는 하지만 아직은 서툴 터이니 많이 도와주길 바랍니다."

숙희는 무관심이다. 승찬은 반기는 표정이나 두식은 똥 씹은 얼굴이다. 사실 사무실에 직원을 더 둘 필요는 없었다. 모든 공정이 하청을 두고 하기에 관리 감독할 직원 한 둘이면 되었다. 두식의 표정이 안 좋은 것이 그 때문이다. 자신의 입지가 위태로울 수도 있다는 것, 더욱이 사장의 부인과 인연이 있는 사람이라는 말에 경계심이 심했다. 4층 건물이 세워지고 있는 현장으로 일주일을 함께 하는 동안 틈틈이 승찬이 자재를 알려주며 여러 가지 설명을 해주었을 뿐 두식은 말 한마디 없었다. 꽤 오랜 시간 노동했기에 배우는 것은 그리 어렵지 않을 것 같았다. 자재와 관련된 건 시간이 지나면 자연히 알게 된다. 하청업체 직원들을 관리하는 것이 더 어려운 일일 것이다. 마무리 중이던 4층 건물은 일한 지 얼마 후 끝났다. 그런데 예정돼있던 하나의 공사에서 문제가 생겼다. 건물주가 설계가 마음에 안 든다며 모든 준비가 끝난 상태에서 계약을 파기한 것이었다. 하청업체에게 미안한 일이다. 그런 일이 있을 때마다 가장 큰 손해를 보는 것은 일당 노동자이다. 그 일 때문에 다른 일을 잡지 않았는데 취소가 된다면 놀아야 하기 때문이다. 그러나 또 어쩔 수 없는 일이다. 건물주가 파기한 것을 영호에게 따지고 들 수도 없다. 빨리 다른 일을 찾아야 할 따름이다. 하나가 취소됐지만 농가주택 인테리어 건이 하나 있었다. 그런 일은 아주 가끔 하는 일이다. 해 봤자 마진이 얼마 되지 않는 골목 지물포에서나 반길 일이다. 그러나 딱히 일이 없으니 모두 농가주택을 찾았다. 할 일이 없는 두식은 짜증 가득이다. 인테리어의 경우 공정이 겹치면 안 된다. 외장과 내장은 함께 할 수 있지만, 내장작업에 두세 공정이 겹치게 되면 작업능률이 오르지 않기 때문이다. 그래서 가급적 하나의 공정씩 마무리를 한다. 하나의 공정이 진행되는데 직원 세 사람이 무엇을 할까. 섀시 작업을 하는 인부의 손놀림을 보는 나를 두식이 못마땅하게 본다. 어디 가서 낮잠이라도 자고 싶은데 승찬이만 있으면 데리고라도 가겠는데 사모와 아는 사람이다. 그럴 수가 없다. 일어섰다가 앉았다가 들어갔다가 나왔다가 이유 없이 바닥에 뒹구는 돌을 걷어찬다.

아니나 다를까, 그날 저녁 두식은 영호를 찾아가 불만을 터뜨렸다. 바빠도 두 사람이면 충분한데 왜 사람을 더 뽑았냐는 것이었다. 괜히 회사 손해만 끼치는 것 아니냐며 회사 걱정을 하기도 했다. 영호는 통이 큰 사람이다. 깊이 들어가 조밀조밀 따지는 성격이 못 된다. 민지가 말하기에 선뜻 허락한 것이었다. 그런데 두식의 말을 듣고 보니 그 또한 맞는 말이다. 둘 중 하나가 없다면 모르지만 왜 직원으로 받았는지 아차 싶었다. 차라리 하청업체에 소개시켜 기술을 배우라고 할 걸 하는 생각이 들었다. 물론 영호에게 있어 200만 원은 큰돈이 아니다. 그러나 굳이 나가지 않아도 될 돈이 나가고 기존 직원인 두식이 저리도 싫어하는 걸 보니 자신의 결정에 후회가 들었다. 그날 저녁 민지는 어떻게 다시 돌리냐며 따지고 들었다. 명숙에게 자신은 뭐가 되냐며 절대 받아들일 수 없다며 얼음장을 놓았다. 신중하지 못한 영호의 자세가 못마땅했다. 그런데 한 사람으로 인해 회사 분위기가 나빠진다는 것도 좋은 일은 아니다. 민지의 머리가 아팠다. 뭔가 방법을 찾아야 했다.

옥상으로 올라 보니 방에 불이 꺼져 있다. 이 시간이면 옥상에서 추위에 떨면서도 기다리고 있을 명숙인데 가슴이 뛰기 시작했다. 잠긴 문을 열고 들어섰다. 명숙이 밥상 앞에 앉아 고갤 숙이고 있다. 왜일까, 왜 저러고 있는 것일까. 불을 켜려 벽을 더듬자 명숙이 말한다.

"불 켜지 마."

"왜 그래? 무슨 일이야?"

명숙이 자리에서 일어서며 품에 안긴다.

"왜 그래?"

재차 묻는 말에 명숙의 몸이 떨린다.

"미안해."

"뭐가?"

"임신이래."

명숙이 울먹인다.

"내가 날짜를 잘못 계산했나 봐. 생리일이 불규칙했는데 잘못 계산했었나 봐. 어떻게 하지? 어떻게 해 여보?"

"김 선생! 지금 뭐라고 한 거야? 직원 말고 장판 까는 거 배우라고?"

"언니, 잘 들어봐. 장판 시공은 금방 배운데. 기술만 익히면 우리가 맡은 공사의 바닥일 모두 형부가 하는 거야. 그리고 우리가 하청을 둔 업체가 한두 곳이야! 첨에 조금 힘들지 금방 일어서는 거야."

하지만 명숙의 얼굴은 분노로 일그러져있다.

"김 선생 눈에 그이가 그렇게 우습게 보이니? 직원으로 쓴다고 했다가 한 달 만에 자르고 현장일 하라고! 돈 때문에 뼈 빠지게 현장일 하며 공부한 사람이야. 그런데 또 그 일을 하라고! 어떻게 이럴 수가 있니? 처음부터 말도 꺼내지 말지 왜 사람을 이렇게 비참하게 만들어!"

민지의 얼굴에도 미안함이 가득이다. 사실 민지도 영호의 일에 대해선 잘 알지 못했다. 전혀 다른 분야의 일이기에 영호가 하는 말만 믿고 있을 뿐이었다. 그러나 어찌 되었건 자신으로 인해 이런 사태가 생긴 것이었다.

"나는 현장 사람들을 우습게 봐서 이러는 게 아니야. 노동의 가치를 몰라서 이러는 게 아니야. 단지! 그이에게 다시 그 일을 시킬 수는 없다는 거야. 나만 안 만났으면 지금 그이 어떻게 돼 있을지 몰라. 그인 꿈이 있었어. 꿈을 위해 힘들게 공부한 사람이야. 친구들 여행 가고 미팅할 때 그인 그렇게 일하며 공부했어. 남들 놀 때 일하고 남들 놀 때 공부하고 남들 놀 때 글을 썼어. 서너 시간도 자지 않으면서 그렇게 노력한 사람이라고! 근데 김 선생이 어떻게 사람을 이렇게 비참하게 만들어! 어떻게 그이한테 장판을 깔라고 그래!"

민지의 눈에서 눈물이 흐르며 무릎을 꿇는다.

"미안해 언니, 나는 정말 도움이 되고 싶었어. 형부 일용직 나가는 거 나도 아팠어. 근데 요즘 취직이 어디 쉬워. 도움이 되고 싶었어. 언니도 내 맘 알잖아. 미안해. 나 때문에 마음 아프게 해서, 정말 미안해."

명숙이 자신의 배를 본다. 방안을 뛰며 기뻐하던 사람이었다. 자신의 아이 가져주어 고맙다며 안아 올리고는 방을 돌던 남편이었다. 매일 같은 옷, 소매가 떨어지고 해진 옷을 입고도 씩 웃던 사람, 무엇이 그렇게 한이 되어 책을 놓지 않았는지 명숙은 알고도 남음이다. 그런데 그런 사람에게 다시 예전으로 돌아가 그 일을 하라는 것이다. 명숙은 단호했다.

"안 되는 거야. 그이는 안 되는 거야."

한 번 꼬이기 시작한 실타래는 계속해서 꼬이기 마련이다. 당장 취직도 되지 않고 기술을 배우면 용역일 보단 낫지 않을까 하는 생각에 영호의 제안을 받아들였다. 영호가 소개시켜준 곳은 장판대리점이었다. 대리점 사장과 통화하며 최소한의 생활은 할 수 있는 거지요? 하며 영호는 물었다. 전화를 끊고는 그랬다. 처음 한두 달은 백만 원 남짓 받을 수 있을 거라는 것이었다.

'그래 한두 달이야 못 참을까. 빨리 기술 익히면 3,400 번다고 하니 해보는 거야. 내가 언제 편하게 살았나. 아이도 가졌는데 하고 싶은 일만 하고 어떻게 살아. 한두 달이야. 해보는 거야.'

시내에서 영업하는 지물포에서 장판 시공이 있을 경우 대리점으로 전화해 기사를 요청했다. 그럼 양에 맞추어 기사를 배치했는데 많을 경운 서너 명이 함께 움직이기도 했지만 보통 2인 1조가 되어 일을 했다. 아무것도 할 줄 모르는 몸이라 여러 사람이 가는 곳에 끼워졌다. 바닥을 쓸고 장판을 나르고 뒷정리를 했다. 가정집 장판을 걷어내고 쓸면 메케한 시멘트 냄새가 코를 찌른다. 머리는 먼지를 덮어써 하얗게 변하고 숨쉬기도 힘이 든다. 장판 한 롤의 무게는 80kg이 넘는데 그것을 메고 계단을 올라야 한다. 때론 필요한 만큼 잘라 어깨에 메기도 하는데 요령이 없을 땐 앞뒤가 처지며 장판이 찌그러진다. 그럴 때마다 기사들의 언성이 높아졌다.

"아니 한 기사는 그렇게 요령이 없어요? 장판이 찌그러지게 메면 어떻게 해. 찌그러진 거 펴지는 줄 알아요!"

사람들이 거칠다. 갓 스물이 넘은 기사도 기술자라며 어깨에 힘 주며 업신여긴다. 바닥을 쓸 동안 바깥에서 수다를 떤다. 그렇게 보름이 지났다. 보름이 지날 무렵 의문점이 들었다. 대리점 사장은 영호에게 백여만 원 가지고 갈 거라고 했는데 시공이 끝날 때마다 시공비는 지물포에서 기사들에게 주었다. 기사들은 그것을 자기들끼리 나누어 주머니에 넣었다. 뭔가 이상했다. 시공비를 지물포에서 주었는데 대리점 사장이 따로 백여만 원을 줄 일은 없다. 기사들에게 묻기전에 사장에게 확인해야 할 사항이었다. 그런데 사장은 기사들끼리나누는 것이라고 했다. 시공비에 있어선 자기는 관여하지 않는다고, 자신은 장판 마진 먹는 것이 전부라고

"한 달에 백여만 원 가지고 간다고 디자인 사장께 말하지 않았나요?"

"기사들이 나누어주는 돈이 그 정도 될 거라는 말이었지."

"저는 그 말을 믿고 여기 들어온 겁니다. 백여만 원 가지고 간다는 사장님 말 믿고 들어온 거라구요."

바닥을 쓸 때 바깥에서 웃고 있던 기사들이 대리점 마당에 보인다. 가운데가 접혔다며 구박하던 나이 어린 동식이 보인다. 지물포에

서 받은 돈을 나누어주던 고참 경오의 모습이 보인다. 이것들이 사람을 물로 보는 것이다. 마당으로 내려갔다. 웃고 있는 경오를 향해 따졌다.

"시공비 저는 왜 안 줍니까?"

경오가 고갤 돌리며 본다. 이게 무슨 말이냐는 표정이다.

"장판 깔 때까진 시공비 없어."

아주 당연하다는 투다.

"모두 그렇게 배웠어. 처음 한두 달은 아무것도 받지 못하고 배웠어."

"여기 올 때 분명 사장이 백여만 원 가지고 간다고 했거든요."

"그건 사장이랑 얘기해야지."

"사장은 기사들이 나누어주는 거라고 하더군요."

"기사들이 나누어주지. 근데 배울 때는 돈 없어."

가슴에서 분노가 치밀었다.

"한쪽에선 백여만 원 번다고 불러놓고 한쪽에선 기술이 없어 돈을 못 준다! 사람을 가지고 노는 겁니까? 기술이 없어 돈을 못 주면 청소도 시키지 말아야. 청소할 동안 당신들은 뭐했죠? 청소비라도 줘야할 것 아니에요!"

대리점 사장이 문밖에서 보고 섰다.

"이게 뭐 하는 거야! 사람을 가지고 놀아. 나도 가정이 있어. 먹여 살릴 사람이 있어. 내가 그렇게 우습게 보여! 내가 당신들 뒤치다꺼리나 할 놈으로 보여! 돈 줘. 내가 일한 거 보름 동안 바닥 쓸고 장판 나른 거! 돈 줘! 돈 달라고!"

점점 나약해지고 있는 모습이 보인다. 이런 몸이 아니었다. 열일곱의 나이에 사회정의를 부르짖었고 쉽게 들어가지 못한다는 학교에 입학도 했다. 그런 내가 왜 이런 취급을 받아야 하나. 청소한 거라도 달라며 왜 구걸해야 하나! 자괴감에 울고 싶다. 아니, 몽둥이로 모두 패고 싶다. 돈이 필요했다. 몇 달 기다릴 여유가 없다. 법은 돈을 받아줄까. 청소비 받아준다며 법이 나서줄까. 개가 웃을 일이다. 취업은 왜 이렇게 힘이 들고 IMF는 누구의 작품이며 7학기를 마쳤는데 왜 조건이 안 되는 것인가. 학원 강사도 할 수 없고 대기업 지원도 할 수가 없다.

그렇게 다시 보름이 지났다. 명숙 앞에서 무릎 꿇었던 영호가 다시 옥탑방으로 찾아왔다. 민지도 곁에 있다. 미안해하는 표정이 역력하지만 둘을 보는 명숙의 표정은 차갑기만 하다.

"그때도 말씀드렸듯이 제가 대리점 사장한테 전화해서 엄청 싸웠습니다. 그럴 줄 몰랐습니다. 정말 죄송합니다."

그러면서 주머니에서 봉투를 꺼내는 것이었다.

"죄송해서 준비했어요. 제가 그 말 믿고 가라고 한 것이니 제 잘못이기도 하고 적지만 받아주세요."

명숙의 얼굴이 얼음장처럼 차갑게 변했다. 영호의 얼굴도 민지의 얼굴도 사색이 되었다.

"사람을 두 번 죽이는군요. 내가 김 선생을 친구라 생각한 것이 잘 못이야. 앞으로 내 앞에 얼씬대지도 마. 우리가 당신네들한테 구걸이나 하는 사람으로 보여? 사람 잘못 봤어. 이 사람, 당신들한테 이런 취급받을 사람 아니야. 사람 비참하게 하지 말고 나가. 보기 싫으니까 이거 들고 당장 나가!"

하지만 둘은 나가지 않고 남아 미안하다는 말만 되풀이했다. 그러면서 어떻게든 먹고살아야 하지 않겠냐며 임신을 했으니 이성적으로 현실을 봐야 하지 않겠냐며 말하고 있었다. 그럴수록 명숙은 더 화를 내었다. 무너질 남편의 잔존심이 아팠기 때문이었다. 왜 남편이 이런 말을 들어야 하는지 견딜 수가 없었다. 또 생각했다. 자신만 찾아가지 않았으면, 아니 임신만 하지 않았으면 지금이라도 떠날 거라고, 그럼 이렇게 비참한 일 겪지 않아도 될 것이라고.

부부는 영호의 말과는 달리 인성은 없고 일 욕심만 많은 사람들이었다. 남편인 택경은 중학교를 졸업하고 열일곱 살부터 그 일을 한다고 했다. 그래서 벌써 20년이 되었다나. 부인인 준희는 쉬는 꼴을 보는 법이 없다. 그들에게서 일을 배우는 사람이 두 명 더 있었다. 한 사람은 학규로 1년이 되어 곧 독립할 거라고 했고 한 사람은 6개월이 된 대선으로 혼자 방 하나씩은 하고 다녔다. 첨 시작하는 사람이 그렇듯 청소부터 배웠다. 뜯어진 벽지 조각을 쓸어 담고 전등이며 콘센트 커버 같은 걸 분리하고 결합하는 일 등이었다. 준희는 잔소리가

심했다. 잠시라도 몸을 움직이지 않고 있을라치면 어김없이 큰소리
가 이어졌다.

"그렇게 서 있으면 뭐해요? 도와주지 않고"

무엇을 도와주라는 것인지 모를 일이다. 저마다 맡은 일을 하고 있
는데 할 줄도 모르는 내가 무슨 일을 해야 하는지

"어떤 걸 도와주라는 것이죠?"

"보면 몰라요. 기사들 걸레라도 빨아줘야 할 것 아니에요."

뛰어가 손을 내밀었다. 발판 위에 선 기사들의 걸레를 받아 세면대
에서 빤다. 그리고 돌아와 걸레를 나누어주고 그들이 자른 후 바닥에
떨어진 풀 묻은 종이를 줍는다. 잔소리 듣는 것이 싫어서라도 몸을
움직여야 한다. 벽을 긁는 척 헤라를 들고 움직인다. 바닥에 뭐 하나
라도 떨어지면 가만두지 않는다. 당신에게 잔소리는 듣지 않을 것이
다. 내 자존감이 그렇게 낮지는 않으니까. 하지만 그녀는 망설임이
없다.

"참나! 금방 또 떨어질 건데 뭣 하러 그러고 있어요?"

환장할 일이다. 뭐 이런 사람이 다 있나. 한바탕 쏘아붙이고도 싶
지만 밥줄이다.

"그렇게 서 있지 말고 벽지 거는 거나 도와요."

부부는 하루 치의 일로 하루를 끝내는 법이 없다. 예를 들어 34평
아파트에 작업이 들어가면 종이 벽지는 세 명이 들어가는데 세 명이
서 일을 끝내고 인건비를 나누어 가지는 것이 보통이다. 그러나 부부

는 기술자 한 명에 보조 두 명, 또는 기술자 두 명에 보조 한 명을 넣는다. 그런 식으로 일정을 조정했다. 보조에겐 보조 품만 주고 나머지는 자기들이 가져가는 것이다. 보조이기에 기술자만큼 할 수 없기에 볶아대는 것이다. 그렇게 일이 끝나고도 원룸이라든지 주택 방 하나를 꼭 알바 개념으로 더 했다. 그럴 땐 보조를 혼자 보내든지 아님 같이 가는데 그렇다고 보조에게 그만큼의 보수를 더 주는 것이 아니다. 5만 원이면 5만 원, 8만 원이면 8만 원, 약속한 금액만 지급하고 나머지는 또 자기들이 가졌다.

하루 일을 끝내고 준희와 함께 빈 상가 건물 사무실을 찾던 날, 일곱 시가 넘은 시간이었다. 2월의 날씨만큼이나 난방이 되지 않는 상가 몹시 추웠다. 준희는 벽지를 바닥에 펴서 재단하며 풀을 개라고 했다. 붉은 다라와 거품기, 함께 일할 땐 전동펌프가 있어 거기에 풀과 물을 넣고 돌리면 되었는데 다라와 거품기만 주며 풀을 개라는 것이었다. 전 부쳐 먹을 때를 생각해보았다. 밀가루 넣고 물을 넣어 거품기로 돌려 반죽하는 거 말이다. 풀을 꺼내어 다라에 담았다. 그리고 수도에서 물을 받았다. 거품기로 젓는다. 덩어리진 풀, 밀가루와는 다른 양, 거품기가 휠 뿐 풀은 움직이지 않는다. 벽지를 재단하던 준희가 버럭 소리를 지른다.

"그렇게 해서 풀이 개져요! 덩어리를 손으로 주물러 으깬 다음 거품기로 저어야 할 것 아니에요!"

말이 떨어지기가 무섭게 다라 속으로 손을 넣는다. 차가운 물이 칼

날 같다. 풀의 미끈거림이 손을 감싼다. 손가락을 쥐었다 폈다 연신 주물러 댄다. 준희는 여전히 못마땅한 표정으로 보고 나는 풀을 주무르는 나의 손을 내려다본다. 멋진 모습이다. 세상에 이보다 더 아름다운 손이 어디에 있나. 중학교 때 영어 교사가 한 말이 맞다. 공부 안 하면 기름 만지고 고무줄 만든다던 말. 그때 기름 만지는 손이나 분필 만지는 손이 뭐가 다르냐며 대들던 모습이 떠오른다. 왜 울어! 내가 왜! 말도 되지 않는 일이다. 이것이 어때서? 이 일이 어때서!

시간은 그렇게 갔다. 3년을 도배공으로 살았다. 틈틈이 익힌 기술로 3년 후엔 목수 일을 했다. 그뿐만이 아니다. 장판 시공도 수준급이고 종류도 가리지 않는다. 싱크대나 화장실 공사, 필름, 선팅, 밥벌이에 필요한 기술은 3년 사이 모두 배웠다. 하지만 택경과 준희에게선 딱 6개월을 버텼다. 1년이 지난 학규에게 품을 다 주지 않는 것을 보며 직감을 했다. 6개월이 지나니 자신감도 생겼다. 과감하게 이웃 도시를 찾았다. 집에서 한 시간 남짓한 곳이라 출퇴근에도 무리가 없었다. 사회의 물도 들어 있었다. 적당히 뺑도 칠 줄 알고 거짓말도 해댔다.

"3년 됐습니다. 일 남으면 연락주세요."

젊은 사람이 일주일이 멀다 하고 찾아와 인사를 하는 것이 기특했던 업자들은 부르기 시작했다. 기술자 몫을 해내었다. 단 6개월 만에 기술자 품을 받으며 일을 했고 알바가 있을 땐 마다치 않고 해냈다.

한 달이 30일이라는데 해낸 것은 40일이 넘었다. 출판사 월급의 네 배를 벌었다. 그렇게 3년이 지나니 빌라가 생기고 2년 후엔 아파트를 샀다. 매일 먼지 가득한 옷을 벗어놓지만 태어난 아이는 예쁘기만 하고 하루가 다르게 재롱을 부렸다. 5년, 일밖에 몰랐던 시간, 자존심 따윈 생각지 못한 시간이었다.

아침밥을 먹고 난 시간 마당에서 어머니가 울고 있다. 아버진 방 안에서 선풍기를 틀고 동네 아저씨와 대화 중이다. 어머니가 우는 것은 아파트를 산 나에게 가보면 안 되냐는 것이었는데 바쁜 계절에 어떻게 거길 가냐며 아버지가 반대해서다. 명숙의 몸이 안 좋을 때 간 것을 빼고 다녀온 적이 없다. 손녀 아영이도 보고 싶다. 벌써 구구단을 떼고 한글을 다 쓴다는 아영이가 보고 싶었다. 명절 때 찾아와 할머니 하며 부르는 목소리도 듣고 싶었다. 그러나 아버진 반대를 했다.

"승하야, 지갑 속에 너 집 주소 넣어 놓았어. 이거 보여주면 경찰 아저씨가 찾아주겠지."

며칠 전부터 아버지가 어머닐 박박 긁었다. 하루도 거르지 않고 반복되는 나날, 이미 어머닌 깊은 우울증에 시달리고 있었다.

"왜 못 가게 하는데요? 두 밤만 자고 온다구요."

"지금 할 일이 얼마나 많노? 쓸데없는 생각말고 밥이나 해라."

"밥 먹었잖아요."

"아침만 먹나? 점심은 안 먹나?"

"점심때가 되면 챙겨주잖아요."

"제대로 좀 하라는 말이다. 당최 제대로 하는 걸 봤어야지."

그러자 옆에 있던 재선이 나서며 아버질 말렸다.

"자네 무슨 말을 그렇게 하나? 내가 있는 데서!"

"내가 틀린 말 했어요? 저 사람은 이날 이때껏 밥 한 번 제대로 한 적이 없는 사람이라요. 내보다도 못한다니까요."

한두 번 있는 일도 아니지만 어머니의 가슴이 격하게 뛰었다.

"그래도 내가 해주는 밥 먹고 살았잖아요. 당신이 나에게 밥해준 적 있어요? 내가 아파 누워도 당신은 그러지 않았어요. 아닌가요?"

"그럼 밥을 여자가 하지 남자가 하나?"

"당신도 좀 남들처럼 받아주면 안 돼요? 금방 맛있다고 해놓고 다음엔 맛없다는 당신 입맛 어떻게 맞추죠?"

"잘 못 하니까 그렇지. 잘 하면 내가 왜 맛없다 그러노?"

"당신은 정말 내가 없어졌으면 좋겠어요?"

"나는 니 같은 사람 필요 없다. 뭐가 좋은 데가 있어야 좋아 하제."

"그래도 내가 당신이랑 40년을 더 살았어요."

"다시는 니 같은 사람은 안 만난다. 내가 미쳤지. 어떻게 하다가 니 같은 걸 만나가지고. 보기 싫으니까 썩 꺼져라."

아버질 보는 어머니의 얼굴이 어둡다.

"정말 꺼질까요?"

"꺼지라는 말 안 들리나!"

"정말 죽을까요?"

"죽는 게 쉬운 줄 아나? 죽으려면 죽어봐라."

비가 억수처럼 내리던 밤, 차를 몰고 가는 나의 눈에 눈물이 멈추질 않는다. 이렇게 가면 안 되는 거다. 간다는 말은 하고 가야 하는 거다. 아영이를 안고 있는 명숙의 눈에서도 눈물이 그치질 않는다.

"아가, 지난 시절은 다 잊어야 한다. 나는 아는 것이 없지만 지금 내 앞에 있는 아가면 된단다. 승하가 좋아한다고 하더니 예쁘게도 생겼네. 보이지 말아야 할 모습도 있는 거야. 굳이 말하지 않아도 될 것도 있는 거야. 앞만 보고 가는 거야. 잘 살아야 하는 거야."

"엄마 왜 울어?"

아영이가 묻는다.

"할머니가 소풍 가시려나 봐."

"소풍 가는데 왜 울어?"

"한동안 보지 못할 것 같아서."

"엄마가 찾아가면 되지, 비행기 타고 슝하고."

아영이의 천진난만한 얼굴을 보며 명숙이 고개를 묻는다.

"엄마, 울지 마. 혼자 가기 무서우면 아영이가 같이 가줄게. 나랑 같이 할머니 만나러 가. 할머니 머리는 꼬불꼬불하니까 내가 빗도 가져갈게. 아마, 할머니 깜짝 놀라실 거야 그치 엄마."

"그거 기억해?"

"뭐요?"

"내가 손 다쳤을 때 병원에선 깁스를 해야 한다고 했지만 깁스하면 일을 못 하기에 손가락에 헤어롤을 꼽아 붕대로 묶어 일했던 거. 그래서 지금 손가락이 안 펴지잖아."

"알지, 내가 그걸 왜 몰라요. 당신은 그랬던 사람이에요. 돈 번다고 몸 챙기지 않고 일만 했던 사람. 어머닐 많이 닮았어요. 어머니도 늘 괜찮다는 말씀만 하셨죠. 웃는 모습도 당신이랑 똑같아요."

"그런 어머니 무릎이 새까맣게 타 있었어. 무릎이 아파 밭골을 기지 못하셨대. 그래서 자신의 손으로 뜸을 떴나 봐. 살이 타도록"

"……"

"명절이 되어 집에 가면 옥수수가 이르거나 지나서 제때 먹지를 못하곤 했어. 그래서 어머닌 옥수수를 두 번에 걸쳐서 심었지. 한 번이라도 잘 여문 옥수수를 먹이겠다고…….참 많이 우셨어. 마루에 앉아 대문 밖을 보며 울기만 하셨어. 금방이라도 동생이 올 것만 같았겠지. 수의 찾으러 마당에 갔는데 우물가에 어머니가 벗어놓고 빨지 못한 몸빼바지가 있었어. 얼마나 기웠는지 무릎이 해지고 엉덩이엔 큼지막한 구멍이 나 있었어. 동생도 가고 어머니도 가고 나는 슬픈데 소영인 좋아하겠지. 엄마 만나서 소영인 좋아할 거야. 그지?"

죽기 전 어머닌 물만 찾았다. 하지만 간호사는 더 고통스러울 뿐이라며 주지 말라고 했다. 파랗게 변한 몸 마지막 가는 길목에서 한 줄기 눈물과 함께 움찔거렸던 입, 나의 이름을 부르고 있었다.

"엄마 그거 이름이 뭐야?"

"망초꽃"

"망초꽃?"

"예쁘지? 살구꽃만큼이나 예쁘지?"

"엄마, 나도 꺾을래."

망초꽃 손에 들고 활짝 웃던 어머닌 한 줌 재가 되었다. 망초꽃 꺾겠다며 말하던 아이는 어른이 되고 딱 고만한 아이가 앞에서 엉덩일 흔들고 있다. 예쁘고 착한 아이, 키운다고 할 것도 없었던 아이.

"아영이 왜 책 흔들어?"

"고양이가 생쥐를 안 놔!"

"신발은 왜 밖에 놓고 와?"

"왕자님이 찾아오라고"

나에게도 그럴 때가 있었다. 우물가에 앉아 얼굴 씻어주던 어머니의 손길 앞에 두 눈 꼭 감고 숨 참던 시절, 바람에 흩날리는 살구꽃, 그 아래의 우물, 어머닌 언제나 빨랫방망이를 두드렸다.

시간은 흘렀다. 눈물은 아래로 내려도 숟가락은 올라간다는 말처럼 가슴이 시려도 시간은 흘러갔다. 어머니가 죽고 6개월이 지났을 무렵 현장에서 알게 된 동갑내기 영범이 찾아왔다. 덤프트럭도 몰고 에어컨 설치도 했었다는 그는 그곳에서 태어나 자란 토박이였다.

"소식 들었어?"

"무슨 소식?"

"우현이가 매장을 내놓는데"

"영업 잘 하고 있는데 갑자기 왜?"

"형이 하는 데 가서 같이 하려나 봐."

세 살 아래의 우현은 수완이 좋은 사람이었다. 기술 배운 지 2년 만에 매장을 열었는데 불과 1년 반 사이에 빌라를 세 채나 살 정도로 사업을 키워가고 있었다.

"글쎄 나는 사업하고는 거리가 먼 몸이라 생각해본 적이 없어서."

"사업하는 사람이 정해져 있어? 자네 정도면 해도 되지. 경험도 있겠다 시작만 하면 되는 거지."

"나는 아직. 자네가 해."

"마누라가 직장만 안 다니면 당장 하지. 이야기 꺼내봤는데 자기는 매장 안 본대. 답답하다고 직장 다닐 거래."

"세도 비싸잖아."

"자리가 좋으니까 비싼 거지."

"알려줘서 고마운데 나는 아직"

"그랴, 천천히 생각해보고 할 생각 있으면 해봐. 날일 하는 것 보다야 낫지 않겠어."

생각은 했던 것이다. 첨 일을 시작하면서 계속 몸으로 때우는 생활은 하지 않을 것이라 생각했다. 돈이 모이면 사업도 할 것이라고 그러나 갑작스레 들은 말이라 선뜻 결정할 수가 없었다. 그러나 이야길 들은 명숙은 망설이지 말고 인수하라고 했다. 좋은 자리 쉽게 나오지 않는다며 그만 일하고 관리하며 조금은 편하게 살라는 것이었다. 그러나 매장을 인수할 만큼 여유가 없었다. 보증금 5천만 원과 시설비에 물건값, 그렇게 큰돈이 어디에 있어서. 영업이야 하기 나름이다. 세가 비싸지만 인테리어 공사에서 7,80만 원은 그렇게 큰돈이 아니다. 아파트 한 채 내부공사만 해도 그 돈은 나오니 세는 문제 될 것이 없다. 하지만 장사와는 맞지 않는 성격 탓에 큰돈을 투자하는 것이 마음에 걸렸다. 명숙은 집을 담보로 해서 대출받자고 했다. 담보대출은 이자가 약하다는 것과 자신이 매장을 볼 테니 외부업무만 보며 지내라는 것이었다.

"너무 걱정하지 마요. 당신은 신경 쓰지 마요. 내가 알아서 할 테니까 당신은 그냥 현장관리나 해요. 이런 좋은 기회가 어디 있어. 당신 힘들게 일하는 거 그만했으면 좋겠어요. 그러니 여보 해봐요."

장사가 쉬운 일일까, 그러나 날품 팔아서 버는 것에는 한계가 있다. 노후가 보장되는 것도 아니고 몸을 쓸 수 있을 때까지 밖에 일도 하지 못한다. 작은 지물포 하나 열어 생활비나 벌며 살 수도 있겠지만 그 또한 말처럼 쉽기만 할까. 우현에게 연락을 했다. 영범에게 들었는데 인수하고 싶다고.

우현과 약속한 날에 사무실을 찾았다. 건물주는 미리 나와 계약서를 테이블 위에 올려놓고 있었다. 그런데 계약서를 쓰려는 그때 우현이 이렇게 말하는 것이었다.

"알고 계시죠? 보증금 3천에 권리금이 2천이라는 거."

금시초문이다. 놀란 나는 영범에게 들은 대로 말을 했다.

"보증금이 5천이라고 들었는데 거기에 시설비가 별도라고"

"무슨 보증금이 5천이에요. 권리금까지 해서 5천이지."

어이가 없었다. 또 사람 가지고 장난치는 것 같았다. 말하는 것도 기분 나빴다.

"미안한데 나는 보증금이 5천이라고 들었어. 권리금은 내가 못 받을 수도 있는 돈이고 거기에 시설비까지. 권리금이 2천이라면 나는 하지 않을래."

그러나 우현은 이해할 수 없다는 표정이다.

"하지 않아도 상관없어요. 제가 하면 되니까요. 그런데 형님, 권리금 없는 매장이 어디 있어요. 작은 구멍가게도 다 받는 것이 권리금인데, 그리고 권리금을 왜 못 받아요. 들어오는 사람에게 받으면 되는 거지. 저도 권리금 주고 들어온 거예요."

그러면서 자신이 썼던 계약서를 보여주는 것이었다. 거기에도 분명 보증금 3천에 권리금이 2천이었다. 그러나 권리금이란 주고라도 들어오겠다는 사람이 있어야 받는 것이다. 계약을 할 마음이 사라졌다.

"미안. 그래도 이건 아닌 것 같아. 내가 그렇게 여유가 있는 사람도 아니고"

"형님은 1년 2년만 장사할 생각이세요? 1년 2년 하고 다른 일 할 생각이에요? 매장하며 살면 되잖아요. 품 파는 것보단 백 배 낫죠. 그렇게 하다가 정말 여기 들어오고 싶어 하는 사람이 있으면 권리금 더 받고 넘기면 되는 거고. 안 그래요? 사장님."

우현은 건물주를 향해 되물었다.

"내야 뭐 거기에 대해서 할 말이 없지. 세만 받으면 되는 것이니까."

"사장님도 권리금 가지고는 말하지 않잖아요. 어차피 권리금이야 세입자끼리 주고받는 것이니까요."

"그렇지 그건."

우현의 말이 틀린 것은 아니다. 권리금이란 터를 닦아놓은 것에 대한 사례의 의미다. 다들 그렇게 사는데, 장사가 잘 되는 것을 보아왔으면서도 권리금 앞에서 가슴 졸이는 자신이 한심하기도 했다. 하지만 돌다리도 두드려보고 건너라고 했다. 그래서 건물주를 향해 말했다.

"계약서에 특약조항 작성해줄 수 있을까요? 계약서를 근거로 내보내는 경우를 종종 보아서 드리는 말씀입니다. 저는 이 일을 계속해야 합니다. 그래서 최소한의 안전장치는 있어야겠기에 드리는 말씀입니다. 원할 때까지 영업할 수 있다는 약속을 기재해주신다면 다시 생각해보겠습니다."

건물주는 망설임 없이 흔쾌히 수락해 주었다. 영업이 보장된다면 권리금에 대한 위험부담에선 벗어날 수 있는 일이었다. 잘 키워놓는다면 우현의 말처럼 더 많은 돈을 제시하며 인수하려는 사람들도 있을 것이다. 모두 하기 나름이니까, 그런 것이다. 계약서를 쓰고 건물주 앞으로 돈을 입금했다. 건물주는 우현에게 바로 보내라고 했지만 그것은 되지 않을 일이었다. 계약은 확실해야 하며 근거를 남겨야 하기 때문이다.

　매장 이름을 아영 인테리어로 바꾸었다. 매장 운영은 순조로웠다. 아영일 유치원에 보낸 후 명숙이 매장을 찾아 손님을 상대했고 나는 의뢰자를 찾아 영업을 다니거나 일꾼들과 같이 일을 했다. 일을 하면 물건에 대한 마진 말고도 인건비를 더 모을 수가 있다. 특별히 할 일이 없는데 놀고 있을 수는 없었다. 귀에 딱지가 앉을 만큼 명숙은 그만 하라고 말렸지만, 조금이라도 돈을 벌어놓고 싶었다. 명숙에게도 아영이에게도 궁핍한 삶을 언제까지 살게 하고 싶지 않았다. 도와주는 사람들도 많았다. 소개도 시켜주고 정보도 알려줬다. 예를 들면 1년에 한 번씩 기숙사를 수리하는 골프장이 있는데 찾아가 보라는 것 등이었다. 마다할 이유가 없었다. 그런 곳에서 요구하는 것은 간단했다. 적은 금액으로 마무리를 잘 해주는 업체. 어려운 것이 아니었다. 자신의 인건비를 줄이면 가능한 것이고 그렇게 해도 공사가 끝나고 나면 상당한 이윤이 남는다. 그것 하나로 목돈을 벌겠다는 욕심만 버리면 되는 것이다. 우현의 말처럼 일당일 보단 나은 수입이었다. 일년만 하면 투자비는 건질 수 있을 것 같았다. 때문일까, 6개월이 지날 무렵 명숙이 다시 말을 꺼내는 것이었다.

"당신 이제 공부해요. 이제 할 수 있어요. 저녁으로 다녀도 되고 낮으로 다녀도 돼요. 괜찮다면 다녔던 학교로 가서 복학해요. 내가 도와줄게요."

"갑자기 공부는, 이제 관심 없어요. 취직할 것도 아니고 졸업장이 무슨 소용이람."

하지만 명숙은 단호했다.

"아뇨, 해요. 해야 해요. 내가 안 돼요. 당신 아직 30대 중반이에요. 아직 많은 날이 남았어요."

마치지 못한 학업에 대한 미련 있었던 것 사실이다. 학원 강사조차 할 수 없는 몸이 서러웠다. 박사학위 받았다며 친구로부터 연락 왔을 때, 우수 기업으로 선정되었다며 연락 왔을 때 자존심도 상했다. 공부를 다시 한다! 생각해보니 웃음이 났다. 대학원도 가고 박사과정도 밟고, 현장 일을 하더라도 그렇게 공부할 수 있다면.

독재타도, 졸속야합, 즉각 철폐 목소리가 천지를 흔든다. 맞은 편 전경 뒤로 최루탄 발사차가 대기를 하고 전경들 앞으로 흰색 헬멧의 무리가 보인다. 그들과의 거리 100m, 재호가 확성기를 들고 목소릴 높인다.

"우리가 모인 것은 반란을 하고자 함이 아닙니다. 앞에 선 전경과 싸우고자 함도 아닙니다. 우리가 오늘 여기 모인 것은 썩은 무리를 몰아내고 짓밟힌 정의를 바로 세우며 무너진 민주주의를 일으키고자 함입니다. 어떻게 이룬 민주주의입니까! 4.19를 통해 친일 이승만 독재정권을 무너뜨렸고 공수부대와 탱크 앞에서도 물러서지 않았습니다. 그러나 어떻게 되었습니까? 이승만을 몰아내었더니 박정희가 권좌를 차지하고 민주시민을 짓밟고 전두환이 되었습니다. 6월항쟁으로 전두환을 몰아냈지만, 야권분열로 노태우가 되었는데 민주화운동을 해왔다며 떠벌리던 김영삼이 국민을 억압하고 이용해온 무리들과 결탁해 창당을 한다고 합니다. 척결해야 할 세력을 척결치 않고 놔두겠다고 합니다. 왜 우리가 식민지배를 받았습니까? 왜 남과 북이 나뉘었습니까? 선배들이 그랬듯 싸웁시다. 선배들이 그랬듯 승리의 함성 물려줍시다. 사악한 무리 몰아내고 치졸한 짓거리 응징합시다. 뜨거운 가슴으로! 더 뜨거운 함성으로! 싸워 이깁시다."

그날의 시위에는 작전이 있었다. 구남삼거리 고가 아래에서 지역학생회와 집결하여 본진을 이루고 본진이 대로를 이용하여 민자당 창당궐기대회가 열리는 시민회관으로 향하는 동안 K대 지휘부가 후미에서 골목을 돌아 시민회관으로 간다는 것이었다. 대오를 유지하는 것이 가장 중요했다. 대오가 견고히 버텨져야 지휘부의 기습시위가 가능하기 때문이었다.

전경들 앞에 선 사복경찰, 무술유단자와 특전사 출신으로 꾸려졌다는 백골단, 작은 방패와 짧은 몽둥이를 들고 시위대 속으로 들어와 닥치는 대로 때리며 잡아간다는 그들의 진입을 첫째 막아내야 했다.

양측의 긴장감이 고조되던 순간 학생들 사이에서 노래가 울려퍼졌다.

내 머리는 너를 잊은 지 오래
내 발길은 너를 잊은 지 너무도 오래
오직 한 가닥 타는 가슴 속 목마름의 기억이
네 이름을 남몰래 쓴다.
타는 목마름으로 타는 목마름으로 민주주의여 만세

살아오는 저 푸르른 자유의 추억
되살아나는 끌려가던 벗들의 피 묻은 얼굴
떨리는 손 떨리는 가슴 치 떨리는 노여움이
서툰 백묵 글씨로 쓴다.
타는 목마름으로 타는 목마름으로 민주주의여 만세

– 타는 목마름으로(김지하) –

노래가 끝나고 최루 발사기에서 최루탄이 날아왔다. 시위대 앞으로 사이로 떨어지며 희뿌연 연기를 내뿜는 가스, 전진하는 백골단과 전경, 최루가스를 피해 대열이 흐트러지는 곳으로는 어김없이 백골단이 달려들었다. 사정없이 몽둥이를 휘둘렀고 시위대도 각목으로 대응을 했다. 날아가고 날아드는 돌과 깨진 보도블록, 대열을 꾸리며 압박해오는 전경을 향해 화염병이 날아갔다. 경찰과 섞여 있지만 경찰과 싸우는 것이 아니다. 경찰과 대치하지만 우리가 가고자 하는 곳은 시민회관이다. 길을 열어주면 되는 것이다. 길을 막고 진압을 하기에 싸우는 것이다. 몽둥이를 들고 패기에 각목을 휘두르는 것이고 최루탄을 쏘기에 화염병을 던지는 것이다.

어느 교사가 기름 만지는 손을 비하했었다. 공부 안 하면 기름 만진다는 것이었는데 하고 싶어도 하지 못하는 사람들은 무엇일까. 태어나는 것에는 선택권이 없다. 가난하게 태어나는 것이 노력하지 않은 게으름의 죄일까, 열여섯 만 되어도 시집을 가야 했던 사람들, 희생을 강요당하고도 숙명이라 받아들이며 살아야 했던 사람들 자신의 선택이 아니었다.

어떤 사람은 일본 앞잡이 노릇 하며 광산개발권을 얻어 부를 쌓았다. 그는 죽고 그의 아들이 물려받은 재산 중 일부, 조상 대대로 마을 사람들이 이용하던 산의 출입을 막고 마을과 마을이 오가던 길 한복판엔 고래등 같은 별장을 지었다. 별장엔 송아지만 한 개가 두 마리, 목줄도 하지 않고 돌아다니며 어린아이들을 위협했는데 무서움에 우는 모습 보며 그는 정자에 앉아 워이!워이! 소리만 치며 수박을 먹었다. 군내의 방앗간 중 그의 소유가 아닌 것은 없었다. 군청을 경찰서를 새까만 지프 타고 제집 마냥 드나들던 사람, 노력으로 부잣집에서 태어난 것이 아니다. 뼈 빠지게 일해도 가난에서 벗어나지 못하는 사람들, 4천 원 벌려고 그의 집에서 허드렛일을 했다. 산장의 풀을 뽑고 마당을 쓸고 새 길을 만들며 허릴 굽실댔다. 머리가 나빠도 돈만 있으면 대학을 가고 유학을 가고 재능이 있어도 가난하면 공장으로 가야 하는 삶, 노력만으로는 바꿀 수 없다. 기회는 공정치 않고 사회는 공평치 않다. 자유는 보장되었나! 저항한다는 이유로 죄를 덮어씌워 죽이고 노래도 영화도 입맛에 따라 잘랐으며 우리가 안고 가야할 동포는 권력 연장 위에서 철천지원수가 되었다. 어머니를 팽개치는 자식, 부인을 폭행하는 남편, 동생의 목을 밟고 죽이려던 형, 약자를 괴롭히는 놈들은 사라져야 한다. 노력 없이 얻은 것으로 남위에 군림하려는 놈들 사라져야 하고 그런 놈들 아래서 허리 조아리며 사는 일은 없어야 한다. 경찰이 아닌 저놈들을 없애야 한다. 친일독재! 반공정치! 군부세력! 저놈들을 몰아내야 한다. 놈들이 존재하는 한 공정한 세상! 공평한 세상 만들 수 없다.

최루가스에 눈물이 나고 콧물이 나고 숨쉬기조차 힘이 든다. 그러나 일어서야 한다. 다시 원점으로 되돌려놓겠다는 세력 앞에 무릎을 꿇을 순 없다. 불평등한 세상을 향해서 더 좆같은 현실을 향해서 화염병을 들었다. 깨고 부셔야 한다. 다시는 고개 들지 못하도록 밟아주어야 한다. 국민이 일군 역사를 너희들의 욕심을 위해 유린하려는 것 봐주지 않을 것이다.

저만치서 불길이 솟구친다. 불길은 활활 타오르며 움직임을 삼킨다. 바람이 멈추고 시간이 멈춘다. 최루탄이 멈추고 시위대의 머리를 향해 내려치던 백골단의 몽둥이가 멈춘다. 입 벌리고 멈춘 사람, 각목을 들고 돌이 된 사람, 뛰던 사람은 그 자세 그대로 굳어버렸다. 색깔이 사라진 흑백사진 속에서 불길만이 솟구친다. 그 사이를 뛴다. 백골단의 몽둥이를 뺏고 경찰의 방패를 뺏고 도열해있는 전경들을 양쪽으로 나누어 길을 만든다. 진압차의 타이어엔 칼을, 송곳 박힌 바리케이드는 하수구에 던진다. 최루탄 발사기가 보인다. 발사기의 방향을 시위대가 아닌 시민회관을 향해 돌린다. 희뿌연 연기 내뿜으며 날아가는 최루탄, 포물선을 그리며 날아 시민회관 창문에 꽂힌다. 검은 아스팔트, 검은 군화, 바닥에 떨어진 돌과 쇠뭉치, 쿵쿵! 쿵쿵!

"한승하! 일어나!"

우리가 이긴 거야. 우리가 승리한 거야.

"승하야 울지 마."

열한 살 아이가 책상에 앉아 울고 있다. 일 년 내내 싸다니던 보리밥에 달래 무침이 아닌 처음으로 어머니가 떡을 싸준 날, 썰어놓은 떡이 많은 줄 알았던 나는 아이들을 부르며 하나씩 먹으라고 했다. 그랬는데 떡이 줄어들어도 아이들의 줄은 끝날 줄 몰랐다. 마지막 떡이 사라졌을 때 책상 앞에 있던 아이가 투덜댄다.

"뭐야! 나만 못 먹고"

떡을 못 먹는 건 너만이 아니다. 얼굴이 붉어지며 눈물이 흐른다. 일 년 가야 두어 번 구경하는 떡, 명절이나 제사가 아니면 맛보지 못

하는 떡. 왜 그랬을까, 혼자 먹지, 뭣 하러 나눠줬나. 서럽다. 하나도 남기지 않고 가져간 친구들이 원망스럽다.

"떡, 떡이 없어."

아이들이 돌아보지만 이미 배 속으로 들어간 후 돌아보는 아이들이 밉기만 하다. 누구 하나 돌려주지 않는 아이들이 밉기만 하다.

"승하야 울지 마."

은희다. 글짓기를 잘 하는 친구, 제일 예쁜 아이, 분홍색 원피스에 하얀 양말, 빨간 구두, 은희가 손에 쥐어진 떡을 내민다. 그리고는 돌아가 도시락을 들고 온다.

"같이 먹어. 젓가락이 하나밖에 없지만, 같이 먹어. 나 한 입, 너 한 입"

아침은 굶고 점심은 건너뛴다. 졸인 양파로 저녁 한 끼 때운다. 숙제가 있지만 오래 할 것이 못되고 읽을 책도 없다. 스케치북을 꺼내 그림을 그린다. 최대한 시간을 필요로 하는 것을 대상으로 삼아 데생을 시작한다. 그런데 어느 순간 중학생 아이가 여자의 나체를 그리고 있다. 본적도 없는 모습, 젖가슴이라곤 어머니의 것을 본 것이 전부인 아이가 여자를 그리고 젖가슴을 그린다. 아이가 그리는 그림에는 남자가 없다. 이유는 남자는 괴물이기 때문이다. 힘세게 태어나서 남을 괴롭히는 괴물, 그림 속에 둘, 가치가 없다.

"승하, 선생님 말 들려?"

담임교사인 혜숙, 아이가 첫 제자인 사람, 공부 안 하면 고무줄이나 만지고 기름이나 만진다던 교사와 교무실에서 싸울 때도 편이 돼 주었던 사람. 예술대회가 있을 땐 차비와 물감까지 쥐여주며 보내준 사람.

　"자꾸 이러면 너에게 말 걸지 못할지도 몰라. 네 얼굴에서 분노가 느껴져. 억누르는 몸부림이 느껴져. 뭐야? 무슨 일이야? 선생님한테도 비밀 있어? 너에게 선생님이 이 정도뿐이니?"

　열 살 아이가 밤길을 뛰고 있다. 소리도 내지 못한 채 꺽꺽대며 달려 도착한 이웃집 부엌문을 열며 소리친다.

　"아저씨! 아저씨!"

　아이의 다급한 소리에 이웃집 아주머니 문을 열며 뛰어나온다.

　"승하 너 왜 또 그래? 또 엄마 쓰러졌어?"

　바닥에 주저앉은 아이 우는 모습이 슬프다. 발가벗은 엄마 부엌칼 들고 들어가고 아버지 칼 뺏으며 어머닐 넘어뜨리는데 엄마의 음부에서 까만 털을 보았다. 쓰러진 엄마 숨 못 쉬고 있어도 집에 있는 남자 두 명 TV만 보고 있다.

　긴 꿈을 꾸었다. 마당만한 땅이 하늘에 떠 있었다. 작지만 연못도 있고 나무도 있는 땅은 구름처럼 자리를 옮겼다. 아이 하나 집에서 나오며 연못가에 앉는데 구름 하나 연못으로 내려앉았다. 아인 떨어진 구름을 막대에 꽂아 솜사탕을 만들어 높이 들었다. 솜사탕은 민들레홀 씨마냥 바람에 흩날리며 하늘을 날았다. 아이도 손을 뻗으며 홀씨를 따랐다.

옥상에서 끌려 내려오는 사내의 바지가 벗겨져 있다. 코에선 피가 나고 볼은 바닥에 긁혀 상처 가득, 자신의 아버지와 선후배 관계이던 건물주, 매입희망자가 신경정신과 의사, 터무니없는 가격을 요구해 성사가 늦어지고 있었을 뿐! 우현은 알고 있었다.

"이제 정신이 들어요?"
수척해진 명숙이 고개 숙이며 내려다본다. 차별받지 않는 나라, 공평한 나라, 서로 안아주며 살아가는 따뜻한 나라를 꿈꾸던 사람. 바람 부는 골목 내 사람이 살던 집, 해진 옷 입고 걸어오는 스무 살 한 승하가 보인다. 무엇이 좋아서 무엇이 좋다고! 그랬던 사람이 말을 하지 않는다.
"당신 잃을까 무서워. 이러다 당신 죽을까 무서워."

시인의 아내

아름드리 느티나무
허리의 상처에선 고름이 나고
갈라진 가지는 또 잘리어 잔가지가 제각각

천 년은 됐을 거라
동네 어르신 말하는데
나무의 인생을 어찌 사람이 알 수 있을까!

조선을 거슬러 고려를 만나
마을이 생기고 마을이 사라지고
칼을 든 병사들과 굶주린 아이들

들판을 뛰놀던 노루는
가로 막힌 강 앞에서 주저하다가
나무를 찾아와 울고 갔을지도 모를 터

한 자리에서 태어나 뿌리를 뻗은
대여섯 명의 팔로도 안을 수 없는 나무

．．．．．．．

네 이름이 무엇이니 ?
네가 본 것이 무엇이니 ?

– 아름드리 느티나무 –

"한 시인, 다음 달에 우리 한 시인 집으로 문학기행 갈 거야. 괜찮
죠?"

아영문학교실, 내가 운영하는 교실이다. 시골 면 소재지의 농가주
택, 주민들과 함께 꾸려가는 교실이다. 글을 모르는 어르신에서부터
아이들과 청소년, 주부에 이르기까지 문학에 관심 있는 사람이라면
누구든 이용하는 곳이다.

"그럼요. 몇 분 정도 될까요?"

"음, 한 스무 분 정도 되지 않을까."

"네, 백숙 준비해놓고 있을게요."

"꽃도 심을 거죠?"

"물론이죠."

"그게 제일 기다려져요."

"해바라기도 풍선덩굴도 있어요. 그때 오셔서 심으세요."

"그래요, 얼마 남지도 않았는데 뭐! 그때 봐요."

스승으로 두고 있는 강 시인이다. 등단 초 마음의 상처를 받았을 때 곁을 지켜주며 힘이 돼줬던 사람, 공무원이면서도 사회문제 앞에서 등 돌리지 않는 여성 시인이기도 하다. 그녀가 쓴 시 중에 질경이라는 시가 특히 좋았다. 질경인 스승 강 시인의 심성이기도 했다.

비가 내리면
빗물에 젖으며

바람이 불면
바람에 흔들리며

그 안의 빛깔로
환하게 웃는 풀잎

풀뿌리 같이 질긴
하얀 목숨으로 태어나

탄식하지 않는
고요한 가슴

순박한 노래
들판에 퍼트린다.

－질경이（강순덕）－

　문학교실을 열어 지역주민과 함께하고 있다는 소식에 회원들과 오
겠다는 것이었다. 이곳으로 이사하며 처음 면사무소를 찾았던 날, 시
창작 프로그램 개설에 난색을 표했었다. 수강생이 없어 강사료를 지
급할 수 없다는 것이 이유였다. 처음부터 보수생각은 없었다. 필요한
건 공간이었다. 하지만 무료로 진행이 됨에도 첫 시간엔 아무도 오지
않았었다. 그래서 안내문을 만들어 버스승강장에도 붙이고 마을을 돌
며 상점과 관공서에 전달했다. 이주노동자와 어르신들의 글쓰기 수
업과 시 창작반 수업이 있으니 관심 있는 분은 찾으라는 내용이었다.
　"첫 수업 소감 어때요?"
　"아무도 오지 않았답니다."
　소감을 물어오는 강 시인에게 그렇게 대답하며 시작한 수업이었지
만 안내문의 영향이었을까 둘째 시간부터 사람들이 오기 시작했다.
두 분이 네 분이 되고 다시 여섯 분 그렇게 면사무소 강당에서 교실
을 열었다. 그 와중에 주택으로 교실을 옮기게 되었는데 SNS를 통해

많은 분들이 도서기증을 해준 덕이었다. 동화책에서부터 소설까지 보내준 책도 다양하여 아이에서부터 일반인까지 누구나 이용할 수 있는 도서관이자 공부방으로 만들게 해주었다.

저녁이면 흐르는 물소리가 정겨운 곳, 둑에 홀로 자리한 집이라 저녁이면 산속 암자를 연상케도 한다. 그러고 보니 TV 없이 지낸 지도 8년이 지났다. 한때는 영화프로그램을 즐겨봤었는데 보지 않으니 그것도 잊혀진다. 4년 전부턴 목공예를 시작했다. 공예라고 할 것은 없고 주목 뿌리를 이용해서 테이블을 만드는 것인데 하나 만드는 데에 기간이 천차만별이다. 보름에서 한 달이 걸리는 경우도 있고 두 달을 넘길 때도 있다. 또 만든다고 바로 팔리는 것도 아니다. 때문에 매일 공방으로 출근하며 일할 필요도 없다. 그와 병행하며 일주일에 5일씩은 인근 도시 논술학원으로 수업을 간다. 시간적인 부담이 없다는 것이 조절할 수 있다는 것이 좋았다.

봄이면 꽃도 심는다. 작년엔 둑으로 해바라길 심어 꽃길을 만들었다. 여문 씨는 겨울 철새의 먹이로 나누어 주었고 사람들에게도 나누어 주었다. 마을 사람들은 그럴 때마다 시골에 와서 좋죠? 라는 말을 되풀이하곤 한다. 얼마나 시골에 살았었는지 모르기에 그러는 것이다.

2년 전부턴 서울을 매주 찾았다. 세월호와 역사 국정교과서, 위안부합의, 노동법개정을 시도하려는 정부에 대한 반대의 외침이었는데 시민들의 그 같은 참여에도 불구하고 정부는 국정농단이라는 참담한 사태까지 불러오고 있었다.

알고 있니?

너희들이 배 안에 갇혔을 때 이 나라의 VIP는 행방불명이었다.

VIP의 지시사항이라고 조무래기들은 말했지만 일곱 시간 후 나타난 VIP는 딴소리나 해대었어.

눈물도 흘렸다.

상관없는 할머니를 안으며 위로도 했었어.

다 밝히겠다, 주둥이로 나불댔지만 지금 우리의 VIP는 자기가 한 말을 모르는 칠푼이란다. 모르니 약속을 기억할 리가 없지.

일곱 시간은 모르쇠고 진실규명엔 관심도 없단다.

그러니 너희는 살아서 와야 해.

살아서 돌아와 흘린 피눈물을 보여줘야 해.

그것이 2년을 하루같이 얼음벽과 싸워온 네 부모님의 한을 푸는 길이기도 하는 거야.

돌아와야 한다.

살아서 와야 한다.

뿌려진 노란 꽃잎 한 잎 한 잎 헤치며 엄마! 아빠!

뛰어와 안겨야 해.

달나라도 아닌 고작 수면 아래 몇 미터

그곳의 너희들에게 떡국 하나 주지도 못하고 보내는 설

아이들아!

창문 열고 내다보렴.

네 아빠의 눈물이, 네 엄마의 문드러진 가슴이

오롯이 새겨진 수평선 너머의 붉은 노을을

일주일에 3일 있는 수업 중 금요일엔 할머니들이 온다. 1년이 넘은 복례 할머니와 인순 할머니, 복례 할머닌 농담을 잘 한다. 특히 19금 농담을 거침없이 하는데 때로는 얼굴을 빨갛게 만들기도 했다.

"에이구 선생님, 혼자 자니까 외롭자? 내가 안고 자줄까? 걱정하지는 말어. 올라타지 않을 테니께"

그럴 때마다 인순 할머닌 별반 다르지 않으면서도 괜히 나무라는 척을 하곤 했다.

"이년이 선생님한테 못하는 소리가 없어. 저래 젊은 선생님이 왜 너같이 다 늙은 것하고 잠을 자! 그라고 니가 올라탈 힘이라도 있냐?"

할아버지들은 오지를 않았다. 민망하기도 하겠지만 그보단 할머니들에 비해선 교육을 더 받은 것이 이유일 것이다. 할머니들은 달랐다. 복례, 인순 할머니 역시 이름만 간신히 쓰는 정도였으며 은행과 우체국 등도 글자가 아닌 모양과 색깔이 있는 그림으로 보던 사람들이었다. 뒤늦게 합류한 금자라는 이름의 할머니는 글자보단 구구단을 가르쳐달라고 했었다.

"구구단은 왜요?"

"시장가서 물건 살 때 쓸라고요"

물건을 사고 내는 돈이 맞는지 궁금하다는 것이었다.

"물건 사고팔 때 쓸라면 덧셈과 뺄셈만 할 줄 알아도 돼요. 구구단과 나눗셈은 덧셈, 뺄셈 끝나고 알려드릴게요."

필요로 하는 것이 달라 금자 할머닌 혼자 따로 나와서 수업을 받았다. 해오라는 숙제도 빠지는 법이 없고 일주일에 한 번씩은 꼭 연필을 깎아줘야 할 만큼 열심이었다. 틈틈이 좋은 시를 찾아 들려주고 써서 주면 그것을 가지고 가서 그대로 세 번이고 네 번이고 똑같이 써오기도 했다.

집 뒤 밭을 농사짓는 영창 할아버진 여든이다. 만날 때마다 고추가 익으면 따먹으라는 말을 잊지 않는다. 영창 할아버지보다 세 살이 많은 한흥 할아버진 시창작반 과정에 나오시며 전 과정을 개근하신 분이기도 하다. 수업 나오는 것이 즐겁다며 1분도 지각하지 않고 나오시던 할아버지가 3개월 후 시 하나를 만들어냈다.

오늘도 걸어간다.
어제도 걸어왔고 내일도 걸어가야지

지난날의 이정표

멀기만 하였건만

지나며 다시 보는 먼 산봉우리

해맑은 석양 아름다운 곳 걸어가리라.

– 팔십 고개(이한흥) –

걸어왔고 걸어갈 날을 담담히 표현한 것이 멋졌다. 80년이란 인생
을 살았지만 남은 날을 돌아보니 아름답다. 걸어왔듯 다시 걸어가겠
다는 말 누가 이렇게 표현할 수 있을까.

"이한흥 선생님, 수필과 같은 시를 쓸 때 제가 제일 강조했던 게
뭐죠?"

"감사하게 생각하는 마음요."

"왜 제가 그렇게 말씀드렸나요?"

"당연한 것은 없다고 말씀하셨잖아요. 나와 함께 해주는 모든 것들
이 감사한 존재라구요."

어쩜 살아있다는 것에 대해 살아갈 날이 있다는 것에 대해 감사한
마음을 시로 표현한 그것일지 모르겠다.

집처럼 편하게 찾는 우체국에 가면 여직원 희주의 타자 손놀림이
시선을 끈다. 손가락 끝을 하나씩 눌러 치는 것이 아니라 마치 빗자

루 쓸 듯 왔다갔다 하는데 신기한 건 그렇게 해도 글자가 입력이 된다는 것이었다. 손가락이 보이지 않아 분당 몇 타를 치냐고 물었더니 씩 웃으며 3.400타 밖에 못 친다고 했다. 믿을 수 없었다. 손놀림으로 봐선 천 타도 넘을 움직임이었다. 예산축산이라는 정육점엔 인상 좋은 직원이 있다. 한결같이 웃는 얼굴로 사람을 대하는 사람으로 택배나 부탁할 것이 있을 땐 부탁하는 사람이기도 하다. 한 번은 택배를 부탁하며 4천 원을 주었는데 택배비가 7천 원이 나오더라는 것이었다. 3천 원을 더 써야 하는 것이 염려스러웠는지 두 번이나 전화를 하며 걱정하던 그렇게 마음이 선한 사람. 사장은 바이크 마니아다. 보유한 바이크만 세 대가 넘는데 꿈도 꾸지 못할 고가의 바이크이다. 시인이 이사를 왔다기에 나이 든 분인 줄 알았는데 너무 젊다며 첫 말을 건네던 미용실 원장, 반장 일을 하고 있는 치킨집 사장, 마주칠 때면 도망부터 가는 마을 총무, 단골슈퍼 여사장은 문학소녀였고 남편은 종일 구슬을 꿰며 부업을 하며 만 원을 번다. 그러면서 하루에 두 값의 담배를 피워 구박을 받는다. 서울곱창식당 주인네는 인심이 후하며 꽁지머리 주유소 직원인 태석은 보일러 기름통에 알아서 기름을 채워준다. 사는 집을 소개시켜준 삼거리 부동산 내외는 집으로 초대해 저녁까지 해주었는데 두 번째 부르는 손님이라는 것이었다. 수요일 수업에 나오는 재학, 은옥, 미숙 중에 재학은 부모가 없다. 시설에서 생활하며 가끔 편의점에서 알바를 하기도 하는데 어머니에 대한 그리움이 많은 아이다. 은옥은 산문을 잘 쓰고 미숙은 책이 좋다며 독서를 많이 하는 아이다. 꼬맹이들은 책보다는 놀기에 급급하다. 책은 읽으래도 읽지 않으면서 감자 굽고 난 후 남은 불씨를 향해 오줌을 갈기라면 잘도 하는 아이들이다.

"오빠, 왜 벌써 와? 내가 그렇게 보고 싶었어?"

소영이 어머니의 손을 잡고 손짓을 한다. 눈부시도록 햇살이 밝은 오후, 고운 옷을 입은 어머니가 웃고 있다.

"오빠, 여긴 아프지 않아. 먹고 싶은 것도 마음대로 먹고 춥지도 않아."

소영이 다가오고 있다. 그런데 얼굴이 보이지 않는다.

'네 얼굴이 생각이 안 나. 잊어 먹었어. 네 얼굴이 생각이 안 나'

"한승하 씨, 왜 여기 들어온 지 아세요?"

담당 주치의 차 선생이다.

"다시 같은 일 할까 봐서"

"나가시면 또 그럴 거예요?"

"아니요."

"왜 그랬어요?"

"......"

대답이 없자 차 선생이 분위기를 바꾼다.

"지능검사를 했는데 깜짝 놀랐어요. 인지도검사에서도 마찬가지구요. 그런데 그만큼 우울증이 심해요. 알고 있죠? 치료받아야 해요. 약도 먹고"

"저, 언제쯤 나갈 수 있어요?"

"나가고 싶어요?"

"네, 글 써야 해요. 시간이 없어요. 10년을 돌아왔거든요."

차 선생이 오른손 중지를 가리키며 말한다.

"그래서 손가락에 굳은살이 잡힌 거예요?"

"나가고 싶어요."

차 선생이 본다.

"그래야 해요 선생님."

"마음 알아요. 그러나 한승하 씨, 지금은 안 돼요. 승하 씨는 치료가 필요하니까요."

차 선생은 보내주지 않았다. 그러나 차 선생은 필기도구와 노트를 준비해주며 쓰고 싶을 때 쓰라며 배려를 해주었다. 노트북도 가져다 주고 싶지만 그건 안 되고 대신 필기도구를 주니 쓰고 싶을 때 밤늦게라도 휴게실에 나와 쓰라는 것이었다. 차 선생과 함께 병동을 담당하는 인턴 지 선생은 책에 대해서 자주 대화를 나누다 가곤 했다. 자신도 한때 문학소녀였다며 궁금한 것을 묻기도 했는데 검은색 뿔테가 얼굴의 반을 가리던 사람이었다. 모두들 친절했지만 사고를 치는 환자들에겐 아주 엄격했다. 온몸을 침대에 묶고 강제로 약을 먹이기도 했는데 그럴 때는 남자간호사들이 동원되었다. 배회하는 사람들의 표정은 저마다 달랐다. 어떤 아인 다가와 팬이라며 종이를 내밀고 어떤 사람은 종일 같은 자리를 빙글빙글 돌았다. 방금 웃던 사람이 죽일듯한 표정으로 바뀌고 50 넘은 사람이 아이 행동을 해댔다. 그래도 그들은 스스로 목숨 끊으려 하진 않았을 것이다. 목을 매지도 다리에서 뛰어내리지도.

몸통 하나에 머리 둘인 물고기
한 놈인가!
두 놈인가!

꼬리도 하나에 지느러미도 하나
헤엄치는 몸동작도 하나이거늘
머리만 두 개가 달려 괴상망측한 놈

함께 울고 함께 웃는다.
서로의 볼을 비비며 행복의 미소를 짓는
한 놈이었다.

모래밭을 지나 산호초 언덕을 넘어
고래가 산다는 깊고도 넓은 바다
대왕오징어와 참다랑어 무시무시한 상어 떼

머리 둘 달린 물고기 얼굴빛이 어둡다.

한 놈은 돌아가자
한 놈은 더 깊은 바다로 가자

꼬리를 움직여 지느러미를 움직여
헤엄칠 생각은 잊어버린 채, 내가 옳다.
몸통 하나에 머리가 둘인 물고기
두 놈이었다.

한 놈인지,
두 놈인지,
그 놈인지 . . . .

. . . . . .
놈이 사라졌다.

– 머리 둘 물고기 –

핸드폰이 울린다. 화면을 보니 소설가 박태일이다. 그는 노동운동가 출신으로 구로공단에서 오랜 활동을 했었다. 활동을 하며 글을 썼지만 부인의 병간호로 10년이란 시간 동안 글을 쓰지 못하는 생활을 해야 했던 사람이다. 합판공장, 식품공장을 다니며 아내의 병원비를 대던 사람, 그러던 중 가슴 속에서 뜨거운 무언가가 올라오더라는 것이었다. 다시는 글을 쓰지 못할 것이라 여겼는데 글을 쓰고 싶다는 욕망이 일더라는 것이었다. 친구들의 도움과 대출로 1년을 생활하며 소설을 썼는데 그 소설이 모 문학상 수상작이 되었다. 그의 글의 특징은 노동자의 삶과 눈물이 한 몸이라는 것이다. 괴로워서 술을 마신다고 사람들은 말하지만, 그의 글엔 그조차도 사치였다. 그를 처음 만난 것은 청와대 100m 앞 효자동 치안센터였다. 최태희라는 멋진 운동가와 함께 있었는데 청운동 주민센터까지 행진하며 촛불시민과 함께 함성을 질렀었다.

"네, 선생님."

반갑게 전화를 받았다.

"한 시인 내일 광화문 사거리에서 고공농성 중인 노동자들을 위한 예술인대회가 있어. 나올 수 있지?"

이미 알고 있던 일이다. 망설일 까닭이 없다.

"물론이죠. 그런 자리에 빠질 순 없죠."

"그래, 그럼 내일 보고 수고!"

몇 해 전 정부에서 내놓은 노동법 개정의 주된 내용은 이것이다. 비정규직을 2년에서 4년으로 늘린다는 것과 파견근로자의 수를 늘리겠다는 것이다. 같은 일을 해도 비정규직은 정규직의 절반 남짓한 돈밖에 받지 못한다. 거기에다 혜택도 없다. 사업주 입장에서 누구를 선호할까. 광고탑 위에 올라간 지 10일이 넘었지만 어느 방송, 어느 신문 하나 보도하지 않고 있다. 그는 그러한 것에 분노했다. 60이 되었지만 현실 문제 앞에서 등 돌리지 않고 사는 멋진 사람, 선배였다.

벚꽃이 진다. 핀듯하더니 벌써 떨어진다. 벚나무 아래에 벤치, 심은 지 오래되지 않은 작은 나무지만 여름이면 햇볕을 막으며 그늘이 돼준다. 둑길을 왕복하는 데는 한 시간이 걸린다. 보통 사람 같으면 30분이면 되겠지만 발걸음이 느린 탓에 두 배나 걸리는 것이다. 둑 옆 봉무천은 진위천으로 연결되어 서해로 흘러간다. 썩 깨끗하진 않지만 늘 오리 떼가 노니는 개울이다. 오리들은 다가가면 날아간다. 돌아서면 다시 돌아와 노닌다. 오리뿐일까. 백로도 까치도 심지어 먹을 것 찾아 내려온 고라니를 보기도 한다. 둑을 걸으면 계절의 변화가 한눈에 보인다. 매일이 다르다. 변화하는 것에 사로잡혀 유심히 보고 있을 때면 지나가던 사람들이 꼭 한마디씩을 하곤 했다.

"또 뭘 그렇게 보세요?"

"새요, 날아가는 새. 새는 날 수 있는데 사람은 왜 못 날까요?"

"새는 날개가 있잖아요!"

"그럼 구름은요? 구름은 날개가 없잖아요."

"구름은 가볍잖아요!"

"그럼 사람도 마음 비우면 날 수 있을까요?"

"글쎄요, 하지만 선생님은 못 날걸요."

"왜요?"

"바람둥이나 나는 것이니까요!"

노랗게 분칠해도
알 수 있는 놈이
야외에서
간도 크게
바람을 피운다.

더운 것
차가운 것
가리지 않는 것이
분명
네 놈이 그 놈인데

너무 돌지 마라.
뼈 삭으면 갈 데 없단다.

– 바람개비 –

서른 명가량의 예술인들이 모였다. 노조관계자들이 앞에 앉았고 뒤
쪽으로 예술인들이 자리를 했다. 박태일은 출판사에서 책을 지원받
아 사인을 했다. 농성 노동자들에게 판매금을 전달하기 위함이었다.
무용가 장 선생의 춤 속엔 세월호 아이들의 눈물이 그대로 담겼고 촛

불광장에서 봤던 민중가수들의 노래도 이어졌다. 고개 들어 보는 광고탑 위, 아래를 보며 손 흔드는 사람들이 있다. 시인들의 서슬 퍼런 칼날과도 같은 시가 이어지고 투쟁을 넘어 평등을 쟁취하자는 구호가 함성이 되었다. 문단 생활을 하며 많은 작가들을 만났다. 모두 개성이 있고 색이 있지만, 또 하나의 차이점은 행동을 하는 자와 아닌 자로 나뉜다는 것이다. 물론 나름의 이유는 있겠지만 추운 광장을 찾아 촛불 들고 적폐청산을 외칠 때 따뜻한 찻집에 앉아 시 낭송이나 하고 있는 사람들은 무엇일까. 농성장 앞에 모인 사람들 그들은 언제부터 어떤 마음에서 함께 하고 있었던 것일까.

사용자는 손해 보고 보수를 지급하지 않는다. 잘 나간다는 권력자들 그들에게 노동자는 노동자일 뿐 자신들과 같은 레벨의 사람이 아니다. 성과금 포함해서 1억이 된다는 모 그룹 노조를 두고 귀족노조라며 비난을 한다. 감히 생산직 노동자 주제에 도지사와 비슷한 연봉을 받는 것이 말이 되냐는 것이다. 만원 안팎의 시급이다. 주 40시간 기준으로 상여금 7,800% 하면 얼마나 될까. 연봉 4천만 원도 넘지 않는다. 잔업, 특근을 하고 매출이 좋아 성과금을 받아야 만이 다다를 수 있는 금액이다. 또 비정규직 제도를 만든 것은 정부이다. 정규직과 비정규직의 차이를 두고 정규직을 비판해서야 말이 될까.

박태일과 함께한 자리, 낯익은 모습 사이로 낯선 사람들도 여럿 보였다. 정세하 시인, 류승복 작가, 하명이 작가, 사진작가 신지와 그의 친구 윤가연, 또 박태일의 친구 미별 등 행동하는 사람들과 함께한다는 것이 행복했다.

　서울에서 내려오고 이틀 뒤 반가운 손님이 찾아왔다. 서너 번 술도 했지만 직접 찾아오기는 첨인 사람 형님으로 모시기로 한 박경주 시인이다. 하이텔 문학으로 활동을 많이 했다는 박 시인은 간결하고도 마지막 연의 반전이 탁월한 사람이다. 사는 게 바빠 그동안 글은 쓰지 못하고 일만 했다는 그는 자신도 나중에 시골에 들어가 문학교실을 하고 싶다는 꿈을 갖고 있었다. 그가 하는 일은 아파트 외벽 도장 일이다. 실내와 달리 외줄을 타고 해야 하는 일로 상당히 위험한 일이지만 줄에 묶어놓은 의자에 앉기만 하면 편해진다는 베테랑 기술자이기도 하다.

　"어떻게 여기까지 다 오시고......."

　"와보고 싶어서 왔지, 지난번에도 말했잖아."

　"그랬었죠. 들어갑시다. 차 한 잔 먼저 하구요."

　글 쓰는 사람들이 다 그렇듯 박 시인도 술을 좋아한다. 그러나 그는 막걸리와 회 종류를 좋아하지 육류는 잘 먹지 않는다. 그랬던 그와 보쌈집에 가서 수육을 한 번 먹었는데 맛있는 수육에 기절할 때까지 술을 마셨었다.

　"지난번 술 마시고 괜찮았어요?"

　자리에 앉으며 말도 하지 말라는 표정이다.

　"열두 시까지 잤어."

"저도 택시 타고 집에 오자마자 잤는데 택시 안에서도 졸았던 거 같아요."

담배 한 개비 불을 붙이며 박 시인이 말을 받는다.

"나는 그날 자네가 빨간 딱지 먹는 것에 더 놀랐어. 우리 아버지가 그걸 마시거든. 난 순한 것 마시는데 그거 먹으면 죽어."

하지만 술은 빨간 딱지다.

"술이 순한 건 다 장삿속이에요."

"알지만 그래도 난 싫어, 빨간 딱지는!"

고생을 하긴 한 모양인지 그날을 회상하며 벽에 몸을 기대었다. 박 시인과도 거리에 함께 선 적이 있다. 그가 사는 경복궁역 인근에서 만나 행진을 했었는데 그도 박태일만큼이나 적폐청산에 대한 여망이 큰 사람이었다.

"바쁘죠?"

"그냥저냥, 며칠 후에 지방을 갈 것 같아. 보름 정도"

"지방 어디로요?"

"광주에서 좀 있어야 할 것 같아."

"가시기 전에 잘 오셨네요."

"그래서 겸사겸사 왔지. 수업은?"

"오늘 화요일이잖아요."

"맞다, 월수금이라고 했지!"

"커피 맛 어떠세요?"

한 모금의 커피를 넘기는 박 시인을 보며 물었다.

"이게 뭐야?"

"더치커핀데 케냐산이에요. 제가 좋아하는 거, 책 보내주신 분 중에 수원에서 커피전문점 하시는 분이 있어요. 원산지 노동자의 눈물까지 말하는 분이시죠. 직접 가서 먹으면 더 맛있는데 자주 갈 수 없으니 이렇게 먹는 거죠."

박 시인의 표정에도 만족함이 가득하다.

봄이 깊어감일까. 버드나무에서 잎이 난다. 말라 있던 갈대밭에서도 새순이 돋아나고 둑길 옆 언덕엔 애기똥풀이 눈부시다. 오랜만에 호젓한 길을 걷는 것이 좋아서일까, 박 시인의 표정이 밝다.

"글 쓴다는 것은?"

"쓰고 있어요. 그런데 막힐 때가 있어서 가끔은 스트레스!"

"소설이라며?"

"네, 쓰고픈 게 있어서, 한동안 글 못 쓴 거 형님도 아시잖아요."

"난 언제 글을 썼는지 기억도 안 나."

"지금부터라도 쓰면 되죠."

"몸이 피곤하니까 잘 안 돼. 집에 오면 자기 바쁘고"

햇살 아래로 지나가는 바람, 갈대가 흔들린다. 마른 갈대, 마른 잎, 속이 타서 슬픈 것인지 모르겠다. 아파서 슬프고 슬퍼서 아픈 것이다. 그렇게 사람들은 아픔을 갖고 살아간다.

"방송국에서 연수를 받은 적이 있어요. 첫 시간에 소개를 하며 강사가 출신학교를 말하라고 하더군요. 그냥 소개라 생각했죠. 근데 말입니다. 과정이 끝나기 전 작품은 받지 않고 강사와 같은 출신학교 수강생 몇이 옆에 남더군요. 그런데 더 웃기는 건 나의 실력이 하찮음을 몇 년 전에야 알았다는 거죠. 다시 글을 쓸 때, 무슨 생각을 했냐면 6개월이면 된다고 생각했다는 겁니다. 근데 3년이 걸리더라구요. 출신학교를 챙기던 모습을 비판하던 나 자신이 나 자신의 자만과 부족함에 자학을 하게 됐다는 거죠."

박 시인이 옆으로 다가서며 고갤 돌린다.

"지금은?"

"지금, 지금은 행복하죠. 가슴 한구석에 미안함의 돌덩이가 하나 있지만 사람의 힘으론 어쩔 수 없는 거니까, 제가 지고 갈 몫이니까요. 그냥 지금은 돌아오지 못한 세월호 아이들이 빨리 왔으면 좋겠어요. 목포신항에 오른 배를 보며 많이 아팠죠. 나비 되어 날아라고 글씨 하나 써서 매달고 왔답니다."

"돌아올 거야. 우리 모두 간절히 바라고 있으니"

"그렇겠죠?"

"그럼! 그리고 너무 서두르지 말고"

"당연하죠. 오늘은 형님 우리 곱창에 소주 먹어요. 단골집 곱창 아주 맛있답니다."

공방대표가 바둑판 하나를 들고 들어오고 있다.

"한 선생, 오늘 이거 하나 만들어 봐요. 판이 뒤틀어져서 편편하게 해달라더군. 20만 원 얘기했으니까 작업하고 한 선생이 가져."

바둑판은 첨 해보는 것이다. 꽤 비싸 보이는데 틀린 각도가 제법 심하다. 그라인더나 사포로 문질러선 되지 않을 일이라 이웃 싱크대 공장의 기계를 이용하기로 했다. 곰표 싱크라는 그곳에는 제재소에서나 사용할법한 기계 하나가 있다. 그곳 공장장인 광찬은 사는 집 싱크대를 설치해준 사람이기도 하다. 세 살이 위이지만 말을 놓는 법이 없다. 이유 중 하나가 그의 누나가 시 창작반에 다니고 있기 때문이었다. 바둑판을 들고 들어서자 광찬이 먼저 인사를 한다.

"아이고 선생님, 선생님께서 여기까지 어떻게 오셨습니까?"

바둑판을 내려놓으며 상황을 설명했다.

"가능하겠죠?"

광찬은 스스럼이 없다.

"물론이죠. 이거 10초면 됩니다."

"제가 직접 해야겠지만 부주의로 기계 고장 나게 할까, 그러니 공장장님께서 해주세요."

"아이고 그런 말씀 마시고 잠시만 계세요."

바둑판을 받아 들고 성큼성큼 기계 앞으로 가더니 스위치를 올리며 작동을 시켰다. 광찬의 말대로 순식간에 바둑판의 비틀어진 면이 잘려나갔다. 더 손댈 것이 없을 정도로 면이 깨끗했다. 어차피 돈을 줘도 받지 않을 사람, 준비해간 담배 한 갑으로 인사를 대신했다. 돌아와 고운 사포로 면을 다듬었다. 모서리와 때가 탄 다른 면들도 센딩기를 이용해 다듬어 나갔다. 오래 걸리지도 않았다. 다듬고 니스를 칠해 마무리까지 하는 데 세 시간도 걸리지 않았다. 광찬의 도움이 없었다면 어땠을까, 며칠이 걸려도 완성하지 못했을 것이다.

주목 뿌리를 다듬는 것은 긴 시간을 필요로 한다. 모양과 결을 최대한 살리며 해야 하기에 서두른다고 되는 것도 아니다. 가격이 비싼지라 판매가 쉽지는 않지만 판매는 사장의 몫이다. 판매가 되면 무조건 5대 5다. 재료값이 있다지만 사장은 만드는 것엔 거의 관여하지 않는다. 심심해서 견디기 힘들 때나 몸을 움직이는데 공방을 운영하면서도 그의 솜씨는 썩 좋지가 못했다. 나무의 결이 그에겐 보이지 않는 것이 분명했다.

주인집 할머니가 문을 두드린다. 이른 새벽 울음소리가 들렸기 때문이다. 가끔 있는 일이다. 가위에 눌려 소리치고 깨고 나면 울음이 터지곤 했는데 누우면 가위에 눌리고 방으로 들어오는 귀신의 모습이 보였다. 그럴 때마다 일어나는 방법을 터득해갔다. 바로는 절대 일어나지지가 않았다. 귀신이 보일라치면 몸을 돌려야 한다. 그리고 바닥을 짚으며 일으켜야 한다. 몸을 일으켜야 귀신은 사라졌다. 귀신의 모습도 다양했다. 얼굴이 있는 귀신, 없는 귀신, 피 흘리는 귀신, 아닌 귀신, 방문으로 들어오는 귀신, 배 위에 앉은 귀신, 옆에서 올라오는 귀신, 눈앞으로 바로 나타나는 귀신, 책상 앞에 앉았어도 귀신은 들어왔다. 살며시 들어오며 손을 내밀었다. 울음소리가 들리고 비웃음소리가 들렸다. 구박하던 목소리와 다그치던 목소리, 아이의 울음소리. 귀를 막고 눈을 감아도 떠나질 않았다.

"또 꿈꿨어요? 이래가지고 어떻게 살아? 정신 차려야지! 이러다 사람 죽어! 애 만나러 가. 애 엄마 만나러 가. 이러다 사람 죽어요!"

초췌한 모습의 젊은 여인
가녀린 목덜미 깊이 숙이고
인도 위에 앉아
아이를 안고 있다.
엄마를 보는 아이의 눈이 슬프다.
떨어지는 동전 소리
여인의 얇은 옷이 찬바람에 나부낀다.

어두워진 하늘 아래
구걸하던 여인이 서있다.
깨끗한 옷으로 갈아입긴 했어도
두려움이 가득한 여인의 창백한 얼굴
아이는 사라지고 홀로 길 위에 서서
누군가를 기다린다.
지폐 몇 장 쥐어진다.

여인의 눈물이 보인다.
웅크리고 앉은 작은 몸이 가엾다.

엄마를 기다리며 창밖만 보고 있는
아이의 모습이 슬프다.

어젯밤
내가 또 꾸었던 꿈

– 21세기 –

"선생님! 데와 대의 차이점이 뭐예요?"

늘 명랑한 지은이 수업이 시작하자마자 물어온다. 옆에 앉은 은정
이 눈빛을 반짝이는 것을 보니 둘 사이에 의견이 갈라진 게 분명하
다. 스무 명 남짓한 반 아이들 지은과 은정은 짝이다.

"쟤 둘이 아까부터 계속 그것가지고 싸웠어요."

뒤에 앉은 한얼이의 말에 은정이 발끈하며 고갤 돌린다.

"싸우긴 언제 싸워! 그리고 남자가 그래 할래?"

작은 도시인지라 들과 산이 옆에 있는 곳이다. 때문인지 아이들도
도회지의 아이들 모습과는 사뭇 다르다. 두릅을 땄다며 신문지에 싸

서 오는 아이, 논둑을 걷다가 뱀을 봤다는 아이, 시대도 바뀌고 세월도 흘렀다지만 아이들 모습에서 어릴 적 모습이 떠오르기도 했다. 은정이와 함께 티격태격하는 한얼이를 향해 물었다.

"한얼이 넌 중력이 뭔지 알지?"

"그것도 몰라요. 지구가 당기는 힘이죠."

"그래 맞아. 지구가 당기는 힘을 중력이라 하지. 별이나 행성이 둥근 이유도 중력이 있기 때문이고 물이 아래로 흐르는 것도 중력 때문이야. 지구 대기가 유지되는 것도 우리가 땅을 이렇게 밟고 걸을 수 있는 것도 중력 때문이지. 그런데 이런 생각은 해봤는지 모르겠어. 만일 중력이라는 놈도 우리처럼 생각하는 존재라면 어떤 생각을 가질까 하는……한얼이 네가 중력이 되어 쉼 없이 물체를 당겨야 한다면 어떨까?"

"……"

"가끔 사람들은 새처럼 날고 싶어 해. 중력이 없다면 날개가 없어도 공중에 떠서 개구리처럼 폴짝일지도 몰라. 어쩜 높이 날아오를 수도 있겠지. 날고 싶어도 중력 때문에 날지 못하는 사람과 당겨야 하는 운명을 가지고 태어난 중력, 너는 누가 더 가엾다고 느껴지니?"

한얼이도 지은이도 은정이도 다른 아이들도 모두 다음 말만 기다리고 있다. 학교에선 듣지 못할 말들을 가끔 들려주곤 했다. 예를 들면 한 번 자리 잡게 되면 자리를 옮기지 못하는 전신주에 대해서 또는 심어졌다 베어지는 나무에 대해서, 먹을 것 없어 산을 내려왔다

차에 치여 죽는 짐승에 대해서 그들의 입장이 되어 생각을 들려주는 것이었다. 중력도 마찬가지다. 중력이 사람처럼 생각하는 존재라면 답답하지 않을까. 때론 놓아버리고 싶을 때도 있을 것이다. 날고 싶어도 날지 못하는 사람, 바꾸어 생각하면 중력 때문에 땅에 정착해 살 수 있는 것이기도 하다.

"두 사람이 싸우면 우린 항상 너 때문이라고 해. 그런데 말이야, 박수는 절대 한 손으로 소리가 나지 않아. 왼손 오른손이 부딪쳐야 소리가 나는 거지. 중력과 사람 서로가 가여울 수도 있겠지만 서로가 없으면 존재치도 못하고 외로울지도 몰라. 은정이와 한얼이도 마찬가지겠지. 티격태격하는 지금의 기억이 소중함으로 남을 거야. 세상에 당연한 것이란 없다. 우리가 태어나고 자라고 만나며 겪게 되는 모든 것들이 우리들의 인생에 자양분이 되는 거야. 시간이 지나고 어른이 돼가면서 조금씩 깨닫기도 할 거야. 당연하지 않기에 우린 지금 이 순간을, 순간의 모든 것에 감사해야 해. 어제 떠난 사람이 그토록 살고 싶어 했던 오늘이니까."

이야기를 듣던 지은이가 한얼이를 돌아보며 고갤 가로저었다.

"쌤, 그래도 쟤는 아니에요. 남자가 입이 싸!"

그런 지은을 보며 웃는 정은의 모습이 예쁘다. 지은이가 물어온 대와 데, 채와 체, 되와 돼, 왜와 웨 이런 것의 바른 표기란 어떤 의미일까. 이런 것을 완벽하게 구사하는 사람과 아닌 사람의 차이점은 또 무엇이고 차이점에 대한 가치를 우리는 매길 수 있는 것일까. 많이 배우고 똑똑하고 잘난 사람들의 나쁜 짓거리를 많이 본다. 가진 것 없어도 이름 석 자 쓰지 못해도 배품을 실천하며 사는 사람들이 있다. 교육의 시작은 무엇일까.

"그럼 쌤, 직접 경험이 데이고 간접 경험이 대라면 집이 크대(데) 할 때는 어떤 것이 맞는 거죠?"

"두 가지다 맞기도 하고 틀리기도 하지. 왜냐하면 직접경험인지 간접경험인지를 말하는 서문이 없으니까. 어제 내가 집을 보니 집이 컸다면 데가 맞겠고 지은이가 그러는데 집이 크다고 한다면 대가 맞겠지. 어제 내가 보니 집이 크데. 지은이가 그러는데 집이 크대. 그래서 집이 크대, 크대라는 것으로는 문제도 나오지 않겠지만 아 어의 차이에 대해선 항상 상황변화를 잘 살펴봐야 한다는 것!"

지은이 입술을 삐죽이며 투덜댄다.

"국어는 어려워요. 우리말인데 왜 이케 어려워요?"

"어려울 수도 있겠지만 지은이가 앉아 있는 의자에 비하면 덜 힘들 거야."

"그건 또 무슨 말이에요 쌤?"

"널 받치고 있느라 얼마나 힘들겠어. 그것도 50분이나 쉬지도 않고"

그러자 지은이 발끈하며 일어선다.

"치! 지금 저 뚱뚱하다고 놀리는 거죠? 50킬로 조금 넘거든요. 쌤! 나빠 진짜!"

교과서 외적인 것에 대해서 말해주고 싶었다. 교과서적인 답은 학교에서의 수업만으로도 충분할 것이기 때문이다. 지나치게 입시 위주의 교육을 받아왔던 것 사실이다. 총구는 적을 향해야 한다며 가르쳤지만 적이 누구라는 것에 대해서는 올바로 설명하지 못했다. 현재의 교훈이라는 역사 앞에서도 식민 지배를 통해 우리가 깨닫게 되는 것과 미친 영향 등에 대한 토론은 없이 을사늑약이 체결된 해는 언제인가라는 식의 수업만이 이루어졌던 것 사실이다. 참담하던 시절 돼지 한 마리가 던지는 생선 가시를 서로 주워 먹으려는 배고픈 늑대무리들의 나라로 북을 묘사하기도 했고, 자신들의 부조리와 무능력에 항거한 농민의 진압을 위해 외세를 끌어들여 식민지배의 원인을 제공한 인물을 드라마나 영화에서 영웅화하기도 했다. 불편한 사실은 숨기고 미화하기에 바빴으며 정치적 이익을 위해 왜곡하며 가르침이 될 교훈을 스스로 외면했다.

상대를 배려할 줄 아는 마음, 인성교육의 부재가 말도 되지 않는 사건사고를 가져오는 것이기도 하리라. 자라나는 꽃 앞에 앉아 그의 입장에서 생각해볼 수 있는 마음을 지닌 아이들, 꽃이 피고 지는 모습에서 자연의 이치를 스스로 생각해볼 수 있는 아이들, 답을 외우는 것이 아니라 원인과 나갈 방향에 대해서 논리를 펼 수 있는 아이들이 되길 바랐다. 보다 낫다고 하는 대학을 가기 위해 맞춰지는 교육이란 씁쓸한 것이기 때문이다.

유난히 하늘이 맑은 날, 만두가게 아이 결혼식의 주례가 있는 날이다. 이미 몇 달 전에 받아놓은 일이기도 한데 자격이 없다며 수차례 사양했지만 만두가게 주인은 부탁을 거두지 않았다.

"그러지 말고 해주세요. 제가 아는 사람이 없어요. 이 동네에 선생님 말고 누가 있어요."

아내와 사별 후 홀로 키운 딸이 회사에서 만난 사람과 결혼을 한다는 것이었다. 정 씨는 어려서부터 식당을 다니며 일을 했다고 한다. 잠시 다른 일도 해봤었지만 첫발을 내디딘 곳에서 벗어나지 못했다는 것. 한때는 처지를 비관한 적도 있었지만 견디고 나니 이렇게 자신의 가게를 열게 되었다며 행복해하는 사람이다. 작은 면 소재지에서 이윤이 난들 얼마나 날까. 가끔 들를 때마다 한산하기만 했지만 그럼에도 그는 그 속에서 행복을 느끼고 있는 것이었다. 딸 미연은 생김새가 참 복스러운 사람이다. 또 성실하여 저녁이나 주말이면 늘 정 씨 곁에서 식당일을 돕고 있었다. 보는 것만으로도 미소가 번지게 하는 매력을 가진 사람. 결혼할 사람이라며 얼굴 보여준 예비신랑 역시 키가 훤칠하고 멋지게 생겼다.

예식장은 차로 50분이면 도착하는 곳이다. 30분 일찍 도착하니 정 씨가 한달음에 반기었고 신부대기실을 찾자 미연이 엄지를 치켜세웠다.

"고마워요, 선생님. 그리고 모습 멋지세요."

멋질 것도 많다. 늘 입는 옷, 변하지 않는 스타일, 덥수룩한 머리와 지저분한 수염 그나마 평소와 다른 것이 있다면 빗질을 조금 정성 들여 했다는 것과 아껴둔 개량한복을 꺼내 입었다는 것 정도이다. 가끔 왜 수염을 기르냐고 묻기도 한다. 그런데 이유가 없다. 매일 면도하는 것이 귀찮기 때문이고 한복을 입는 것은 통이 넓어 편하기 때문이다.

가게에서 앞치마 두르고 있을 때도 예쁘더니 드레스 입으니 천사 같다. 절로 미소가 번진다.

"떨리지는 않아요?"

미연이 고갤 가로젓는다.

"가게에서 볼 때도 예뻤지만 오늘은 더 예뻐요. 떨지 말고 아빠 손 꼭 잡고 들어와요."

미연이 환한 웃음을 짓는다.

가끔 미연은 제비꽃을 가꾸는 언덕을 찾아오곤 했다. 하루도 빠짐 없이 가는 그곳은 해가 참 잘 드는 곳이다. 논둑에 핀 꽃을 옮겨 심은 것이었는데 해가 바뀔 때마다 수많은 어린싹이 자라 꽃이 되는 것이었다. 그곳에 앉으면 마을이 한눈에 내려다보인다. 하나뿐인 교회도 보이고 교회 앞 꽃잔디도 보이며 무엇보다 문학교실이 손에 잡힐 듯 가까이 보인다. 걸어놓은 현수막의 글씨마저 알아볼 수 있는 곳, 매년 심는 해바라기의 노란 물결과 코스모스, 달맞이꽃도 카메라를 당긴 듯 가까이 보인다. 언덕 아래 개울가엔 아카시아 나무가 있다. 5월이 되면 아카시아 향이 개울을 따라 언덕으로 왔다가 다시 둑길로 내려앉았다. 신기한 것은 제비꽃을 심은 후 해마다 아카시아 향이 더 진하게 난다는 것이었다. 아카시아 향이 그리워 때로는 하루에 몇 번씩도 찾는 곳, 갈 때마다 제비꽃은 활짝 웃어주었다.

"오늘도 오셨네요."

언덕에 앉아 풀을 뽑던 날 미연이 올라오며 한 말이다.

"첨 선생님께서 제비꽃을 옮겨 심었을 때는 생각지 못했어요. 이렇게 번질 거라고. 올해가 4년이죠. 4년이 지나니 제비꽃 언덕이 되었어요. 좋아할 거예요."

그녀가 가지고 온 군만두가 맛있었다. 누군가가 나 자신을 위해 해준다는 것은 그런 것이다. 그런데 살면서 나 자신이 누군가를 위해 산 적은 있는 것일까. 그 속에서 내 만족을 느끼며 산 적이 있는 것일까. 사람의 마음은 참 간사했다. 희생이라는 것도 결국 내 만족인데 희생이 요구되지 않아도 받아주지 못한 채 평행선을 달리기도 한다. 물론 나무와 같은 삶을 살다간 사람을 보기도 했다. 아낌없이 내주며 산 사람.

예식 시간이 다가오자 식장 안은 사람으로 북적인다. 신랑신부 친구들이 많이 모였는데 모두 멋지고 예쁘다. 화촉을 밝히는 것으로 시작된 식은 사회자의 유머로 분위기를 올렸다. 두 번째 하는 결혼식이 아니라 처음하는 결혼식이라는 말이었는데 같은 말도 사람마다 전달되는 효과가 다르듯 그의 한 마디는 식장 안을 웃음바다로 만들기에 충분했다. 곳곳에 눈에 익은 사람들의 모습이 보였다. 정육점 사장도 슈퍼 사장도 곱창집 안 사장도 그뿐인가 복례, 인순 할머니의 모습도 있고 시 창작반의 현미, 숙경, 영애도 함께 있다. 꽁지머리 주유소 태석, 치킨집 반장, 만나면 피하기에 바쁜 총무도 자리 뒤에 앉아 웃고 있다. 정 씨 옆에 앉은 이모의 얼굴에서 미연의 얼굴을 본다.

식이 시작되며 행진이 시작됐다. 먼저 들어오는 신랑의 발걸음은 씩씩하고 정 씨 손을 잡은 미연의 걸음걸인 조심스럽다.

식장 출입문 너머로 햇살이 눈부시다. 바라보는 그곳으로 제비꽃과 아카시아 향 물고 나비가 날아드는 것만 같다.

사회자는 사이사이 신랑을 괴롭혀댔다. 코끼리 코 스무 바퀴 돌게 한 다음 부모님을 찾아가라든가 중앙통로를 왕복 오리걸음 시키며 '미연 꽥꽥!'을 시키기도 했다. 하지만 시선은 자꾸만 햇살이 머무는 곳을 향했다.

"선생님 괜찮아요?"

속삭이는 미연의 얼굴이 보인다. 곁에 선 듬직한 최성범 군, 가볍게 미소를 지어 보였다. 미연이 입고 있는 하얀 드레스, 나비의 날개만 같다.

"괜찮아요. 예뻐서, 그래서 넋 놓고 봤어요."

작은 목소리로 말해주자 미연의 표정이 안도감으로 변했다. 함께 서 있음만으로도 예쁘고 사랑스럽다.

"아! 아!"

사회자의 말이 이어졌다.

"아! 아! 오늘 주례를 서주실 선생님을 소개하겠습니다."

다시 식장 문으로 들어오는 햇살이 보인다. 햇살이 만들어내는 별, 별을 따라 나비가 오는 것만 같다. 나비는 물속으로도 날았고 구름 위에서 쉬기도 했다.

"오늘 주례선생님은 신부가 존경하고 신부 아버님이 간청해 모신 분입니다. 문학교실을 하며 한글 지도를 하시는 분으로 '하늘 닿는 곳에 내가'라는 시집을 내신 시인 한승하 선생님이십니다. 뜨거운 박수 부탁드립니다."

나비가 오는 것이 맞다. 햇살이 만드는 별을 타고 나비가 오는 것이 맞다. 제비꽃 잎에 물고 아카시아 향 뿌리며.

"선생님!"

"……"

"선생님!"

아메리칸 바이크를 타고 여행을 하는 가수 김광석을 보았다. 40이 되면 하고 싶은 꿈이라더니 서른셋의 나이로 출발을 한 것이었다. 그는 소리패의 소속으로 많은 민중가요를 불러온 사람이다. 광야에서, 사계, 솔아솔아 푸른 솔아, 그루터기 등 그가 참여하여 불렀던 노래들을 카세트테이프로 무한 반복하여 들으며 가사를 음미하곤 했었다. 이후 솔로로 데뷔하며 낸 첫 앨범에 실린 '사랑했지만'은 명숙을 향한 마음이기도 했다. 사랑하면서도 사랑한다고 하지 못하던 그때에 즐겨 부르던 노래, 작은 체구에 기타를 메고 바이크에 오른 그가 두

두둥 대며 해안도로를 달리고 있다. 발이 땅에 닿을까 염려스러워 바이크 사장에게 양해를 구한 후 앉아봤다던 사람, 소년의 미소를 지녔지만 시대의 아픔을 전율 돋게 내지르던 김광석.

어제는 하루종일 비가 내렸어 . 자욱하게 내려앉은 먼지 사이로
귓가에 은은하게 울려퍼지는 그대 음성 비속으로 사라져버려
때론 눈물로 흐르겠지 . 그리움으로
때론 가슴도 저리겠지 . 먼지 사이로
사랑했지만 , 그대를 사랑했지만
그저 이렇게 멀리서 바라볼 뿐 다가설 수 없어 .
지친 그대 곁에 머물고싶지만 떠날 수밖에 그대를 사랑했지만

– 사랑했지만 (김광석 노래 , 한동준 작사) –

바다가 보이는 언덕 위 찻집 뜰에 그와 앉았다. 청바지에 가죽점퍼, 여전히 밝은 미소, 서른셋의 김광석이 먼저 손을 내밀었다.

"세 번째 뵙는군요."

"세 번째라니요? 그럴 리가요! 저는 김 선생님 오늘 첨 뵙는데요. 노래는 많이 들었지만"

그는 웃기만 했다. 그러더니 뜻밖의 말을 또 꺼내고 있었다.

"왜 자꾸 저를 따라오세요?"

"저는 따라가지 않았습니다. 다른 분과 착각하시는 거 아닌가요?"

하지만 그는 고갤 저었다.

"아니요. 한 선생님이 맞습니다."

그가 타고 온 96년식 할리데이비슨 로드킹이 햇빛에 반짝인다.

"이젠 마음의 안정 찾으셨나요?"

"저를 정말 아시나 보죠?"

"알죠, 한 선생님께서 쓰신 시도 아는걸요. 특히 봄이라는 시를 좋아한답니다. 맞는지 봐주시겠어요?"

"……"

껍질 깨고 나오는 것이 새뿐일까.
아픔이 있는 것도 나만은 아니리라.

선홍빛 가을물 품고 누운 채
칼바람 속에서도 버텨내온 너

철새 떼 산을 넘어 돌아오던 날
너의 깨남 소리 개울을 적시었다.

"그걸 어떻게?"

"선생님 시집을 봤어요. 겨울을 이겨내고 찾아오는 봄 앞에서 눈물이 나더라는 구절이 좋았어요. 우리 모두가 아프다는 구절도 좋았고요."

"부끄럽습니다. 저는 김 선생님 노랠 들으며 학창시절을 보냈답니다. 때론 선생님의 노랠 부르며 거리에도 섰고 때론 쓸쓸한 마음 달래기도 했었지요. 내 사람이여 라는 노래도 자주 불렀습니다. 선생님의 목소리는 맑고 호소력이 짙어 서정곡도 민중가요도 그래서 모두좋았답니다."

그가 주머니를 뒤지며 담배를 꺼내 한 개비를 건넨다.

"20년 만에 하는 외출인데 하늘이 좋아서, 길동무가 있어서......."

말을 흐리며 길게 담배 연기를 내뿜었다. 연기를 내뿜는 순간에도 미소는 여전했다.

"이제 마음 편안하시죠?"

그가 돌아봤다.

"한 선생님께선?"

대답 없이 바라보자 그가 다시 말을 이었다.

"노래를 부른다는 것도 아픔을 감내해야 했어요. 아픔을 노래하다가 보면 그 속으로 한없이 빠져들곤 했죠. 아픔이 가득한 세상이었으니까. 그러나 노래도 노래로만 남고 받아들여지지 않았답니다. 가수도 가수로만 살 수도 없었고요. 자본사회이기 때문만은 아닐 거예요.

더 근본적인 것, 어쩜 우리 사회는 철학이 부재한 것인지 몰라요. 어느 순간 모든 것이 싫어지더군요."

두 바퀴로 가는 자동차 네 바퀴로 가는 자전거
시퍼렇게 멍이 든 태양 시뻘겋게 물이 든 달빛
남자처럼 머리 깎은 여자 여자처럼 머리 긴 남자
물속으로 나는 비행기 하늘로 나는 돛단배

복잡하고 아리송한 세상 위로 오늘도 애드벌룬 떠있건만
포수에게 잡혀온 잉어만이 한 숨을 내쉰다.
태공에게 잡혀온 참새만이 한숨을 내쉰다.
독사에게 잡혀온 땅꾼만이 긴 혀를 내두른다.

– 두 바퀴로 가는 자동차(김광석 노래, 양병집 작사) –

60대의 남성이 버스에 시너로 불을 지른 일이 있다. 땅 보상에 불만을 품고 관심 갖고 싶어 저지른 일, 대형 참사로 이어질 수 있었던 사건은 버스 기사와 승객의 발 빠른 대처로 참사를 막을 수 있었지만 개인적 불만의 표시를 위해 무고한 시민과 학생들이 탄 출근길 버스에 불을 피운 것을 어떻게 받아들여야 할까. 그의 말처럼 철학의 부재일지 모르겠다.

"그런데 있죠. 나의 자리가 어딜까 하는 의문이 들더군요. 내가 있을 자리, 내가 걸어갈 길 그것은 어디이며 무엇일까 하는 의문 속에서 고민을 했답니다."

"이젠 답을 찾으셨나요?"

그는 머리를 흔들었다.

"잃는다는 것에 대해서도 생각해볼 때가 있었어요. 양날의 검과 같은 것은 아닐까 하는 생각을 해보았죠. 얻게 되는 것이 있고 얻게 되는 것이 있을 땐 잃는 것도 존재하지 않을까 하는.......저는 노래하는 가수로만 남고 싶었답니다. 그런데 어느 순간 가슴의 문이 닫히게 되더군요."

"타는 목마름으로를 목청껏 부르던 때가 있어요. 광야에서도, 그날이 오면도 함께 불렀지요. 그런데 김 선생님 말씀처럼 저도 어느 순간 모든 것이 싫어지며 입이 닫히게 되더군요. 다시 찾으려 했는데 더 큰 아픔 속에서 괴로워했죠. 찾으려 한 것이 가치 있는 것인지도 모르겠답니다."

"사람이 살아가는 길은 모두 다르지 않을까 해요. 한 선생님 길도 있겠지요. 노래를 부르며 살았던 저처럼."

"그러나 다른 그 길이 궁극적으로는 하나일 수도 있지 않을까요?"

"판단의 문제 아닐까요?"

"판단의 문제?"

"이론화할 수도 있겠죠. 그러나 그것 역시 하나의 소리일 수 있다는 거죠. 같은 길에도 수많은 물음표가 따르듯 그런 거 아닐까요?"

판단의 문제, 하나일 수도, 이론화할 수도, 그러나 하나의 소리일 수도, 그럴지도 모르겠다.

"혹시 부르시는 노래도 바뀌었나요?"

"부르지 않은 지 20년이랍니다."

"라이브로 부르시던 노래 다시 듣고 싶네요."

"제 마음이 열리게 될 때 가능하지 않을까요. 다시 만날 때 생각해 보겠습니다."

"그 판단을 존중합니다."

"저 역시도! 가끔은 터널을 지날 필요가 있더군요. 우리는 터널을 어둡다고 하지만 터널엔 끝이 있답니다. 그 끝을 보고 나면 새로운 세상을 만나죠. 아시죠?"

"저는 아직 거기까진! 그러나 다시 만날 땐 같이 바이크투어를 하고 싶네요. 저도 면허 있답니다."

"반가운 말씀!"

"오늘은 어디까지 가실 건가요? 저거 타고 광야까지 가실 생각이세요?"

그가 웃었다.

"저거 타고 광야라! 그것도 멋지겠네요."

그가 다시 말을 멈췄다. 그리고는 자리에서 일어서며 하늘을 봤다.

그 자세 그대로 그가 말을 했다.

"이제 한 선생님께서는 반대쪽으로 가세요. 기다림이 있는 곳으로, 마음 편하시잖아요! 저는 바람이 불어오는 곳으로 갈 것이랍니다."

그가 손을 내밀었다. 따뜻한 온기가 느껴지는 손, 서른세 살의 남자, 기타를 어깨에 멘 통기타 가수, 할리데이비슨 96년식 로드킹에 올라타며 다시 말을 했다.

"한 선생님, 늦었다고 생각될 때가 시작인 것입니다. 그리고 의미 없는 시간이란 없는 것이죠. 민들레도 말라야만 씨가 날린다고 하셨잖아요. 다시 만날 때 함께 노래 부르죠. 술에 취하면 부르시던 한 선생님의 직녀에게를 저도 듣고 싶군요. 그럼 이만!"

양발을 땅에 딛고 헬멧을 쓰며 시동을 건다. 두두둥, 두두둥 할리데이비슨 바이크의 고동소리가 멋지다. 철컥하며 들어가는 기어소리가 들린다. 40이 되면 바이크 타고 전국 일주를 하겠다던 사람, 해안도로를 타고 그가 달려나갔다.

"한 여인이 있었습니다. 한 남자만을 사랑했던 사람, 그 남자는 가난뱅이였습니다. 가난한 집에서 태어나 어렵게 자라온 사람, 미안한 건 남자인데 여인이 자꾸만 미안하다 했습니다. 셸 실버스타인의 아낌없이 주는 나무라는 책을 아실 것입니다. 나무는 아이에게 열매를 내주고 놀이터가 돼주었습니다. 아이가 컸을 땐 집을 지을 가지도 내주었으며 줄기를 내주며 배가 돼주기도 했습니다. 그리고 남은 밑동은 늙어버린 아이의 의자가 돼주었지요.

우리는 아이의 입장에서 나무를 보며 삽니다. 나의 필요에 의해서 나무를 심고 버리기도 합니다. 나무에서 과일을 따 먹어도 우린 나무에게 고맙다는 말 하지 않습니다. 집을 지으려 재료로도 쓰지만 우린 나무에게 미안하다는 말, 고맙다는 말, 하지 않습니다.

그런데 여러분, 한 송이 꽃도 사람의 일생과 똑같은 삶을 삽니다. 태어나며 싹이 돋고 비를 머금으며 자라 사랑을 하고 씨앗을 날립니다. 그리고 잎이 말라가며 고개를 숙이지요.

꽃이고 나무입니다. 우리가 사람인 것처럼 하나의 존재입니다. 옆에 계신 분들을 보십시오. 모두 나와 같은 사람들입니다.

그러나 나는 나이듯 그는 그입니다. 결혼을 한다고 배우자가 내 것이 될 수는 없습니다. 배우자로서 책임을 다할 의무는 있지만 배우자이기에 책임을 강요할 순 없다는 것입니다.

제가 아는 여인은 바라지 않았습니다. 사랑하기만 했습니다. 생각 하나까지 사랑하기만 했습니다. 상대의 아픔 앞에 아파하고 기쁨 앞에선 당신 덕이라 말해주었습니다.

사랑이란 무엇일까요? 구속이 아니라 놓아줌인지 모르겠습니다. 집착이 아니라 내려놓는 것인지 모르겠습니다. 조바심이 아니라 바라보는 것인지 모르겠습니다.

제가 아는 어느 여인이 그러했습니다. 나무처럼 내주기만 했던 사람, 꽃은 져도 향기는 남듯 그처럼 향기가 있는 사람이었습니다.

잠시 살다가는 인생, 잠시 내게 머무르는 것들, 손에 쥐어진 바람 한 점도 내 것이 아닙니다. 있는 그대로 바라보십시오. 마음 몰라준다 아파 마시고 침묵하며 살아가는 나무가 되십시오."

바람에 나뭇가지가 흔들리는 것은
부러지지 않기 위함이다.
부는 바람에도 꿈쩍 않는 밑동은
가지를 지켜내기 위함이다.

비바람 속에서
눈보라 속에서
나뭇잎을 잃으며 아픔도 배웠지만
뿌리 뻗어 땅을 잡고
돌팔매질에 멍이 들고
도끼질에 피가 흘러도
가지가 잎을 피울 수 있도록
자리를 지켜내는
그 밑동의 아픔에 어찌 견줄 수 있으랴.

바람이 멈추고 밤하늘에 별이 뜨면
흔들리던 가지는 단잠에 빠지지만
잠에서 깨어날라

뜬 눈으로 밤을 새우는
그 모습을 보며 사람들은 나무라 부른다.

그리움을 알고
그리움이 되면
생명이 다하여 흙이 되어도
떨어진 씨앗에서 꼭 닮은 줄기 하나 생겨나
가지를 뻗고 또 살아가리니

사랑하고 사랑하라.
주지 못해 아파하고
늘 괜찮다 미안해하라.

그리하여 그대 나무가 되라.

– 나무가 되라 –

김광석을 만난 다음 날 4년을 머문 지하방 셋집 주인할머니를 찾
았다. 내지르던 소리에 깜짝 놀라 내려오시며 가위에 눌린 몸을 깨워
주시던 분, 비빔국수를 좋아한다며 여름이면 시원한 육수와 함께 쟁
반에 담아주시던 할머니.

"이제 가시게?"

"네, 이제 그래야 할 것 같아요."

"그래야지, 이렇게 반가운 소리가 있나. 이제 가슴에 쌓인 응어리 풀었으니 가서 잘 살아요. 이런 부인이 어디 있어. 잘 살아야 돼요."

"이곳에서 지낸 시간 소중한 시간이었어요. 대문 옆 라일락도 창을 통해 들어오던 햇살도 잊지 못할 거예요."

"나도 아저씨 생각 많이 날 거예요. 마음이 참 아팠는데 아들 같아 더 그랬는데 이렇게 웃는 모습이 고마워요. 언젠가 한 번 앞집 3층에서 우는 아이 목소리에 밖으로 나가 3층을 쳐다보며 아이 이름 부르며 울던 아저씨 모습 기억해요. 그러면서도 아이 옷 사줘야 한다며 일찍 일 나가시던 모습도.......이제 마음 편하게 살아요. 그래야 해요. 애 엄마 생각해서라도"

"네 할머니"

"지나가다 생각나면 들르고, 아저씨 소식 들을 수 있으면 좋겠어요. 그럴 수 있겠죠? 저 방, 아저씨가 살던 저 방, 다시 들어오는 사람이 있다면 말해줄 거예요. 시인이 살았던 방이라고, 할머니 생각해서라도 잘 살아야 해요."

쫓아내지 않고 지켜봐 준 것만으로도 고마운 분이다. 2, 3일이 멀다 하고 내려와야 했던 할머니, 견뎌주어 고맙다고 살아주어서 고맙다고.

명숙에게 줄 앞치마를 사기 위해 시장에 들렀다. 회색과 감색을 좋아하는 사람, 회색 바탕에 감색 체크무늬가 자수된 것을 골라 포장을 부탁했다. 그리고 또 아영이에게 줄 빨간 구두 하나.

"신발은 왜 밖에 놓고 와?"

"왕자님이 찾아오라고"

구두가 예뻤다. 신고 걸을 아이 모습이 떠올랐다.

사랑아

"아빠, 엄마가 아파"

구두를 산 다음 날 아침이었다.

"잘 들어요. 마음 독하게 먹지 않으면 당신 모습 찾지 못해. 다시 시작한다는 거, 죽을 만큼 힘들지 몰라. 나와 아영이 생각은 버려야 해. 그래야만 하는 거야. 아프겠지만 이겨내야 해. 그러니 돌아보지 마. 당신 찾지 않을 거야. 당신이 오기 전에 절대 당신 찾지 않을 거야."

명숙이 병실에 누워있었다. 그 곁에 서 있던 꼭 닮은 아이 하나, 3학년이 된 아이가 한달음에 뛰어왔다.

"아빠 맞지? 아영이 아빠 맞지? 그지! 엄마가 전화하지 말랬어. 아빠 걱정한다고 엄마가 전화하지 말랬어."

많이도 컸다. 어떻게 엄마와 똑같은 냄새가 나나, 아이의 몸에서 아카시아 향이 난다. 만져보는 귓불이 명숙의 것과 똑같다.

"엄마가 아빠 곧 올 거랬어. 몇 밤만 자면 올 거라고 기다리라 했는데 저렇게 아파."

만져보는 볼이 솜사탕 같다. 보조개는 없지만 볼마저도 명숙을 쏙 빼닮았다. 까만 눈에 단발머리, 아카시아 향, 너도 크면 엄마를 닮겠 구나! 아영의 뒤로 낯익은 모습이 또 있다.

"이거 내가 만든 거"

15년 만이다.

골목에 쓰러진 몸을 옮겨 밤새 토사물 받아내던 사람.

"내가 선배보고 이러는 거. 깨어나면 너 죽여 버릴 거!"

소희의 머리에도 새치가 희끗희끗하다. 말없이 보고 섰던 소희 팔 벌리며 다가와 안는다.

"선배가 전화했어. 날 더러 올라오래. 왜냐고 물으니까 그냥 오래. 저렇게 아픈 거야. 아픈 거 숨기고 지금까지 살았던 거야."

명숙은 오래 잠을 잤다. 3개월 전에 알았을 땐 이미 말기 암, 길어 야 6개월이라고 했다. 남의 아픔 앞엔 눈물 흘리면서 정작 자신의 몸 은 챙기지를 못했다. 4년 만에 보는 얼굴, 그토록 고왔던 사람이 창 백하기만 하다.

명숙은 항상 지켜보고 있었다. 써서 올리는 글을 보며 명숙은 기뻤 다. 남편답다고, 곧 만날 수 있을 거라고, 그런데 병이 찾아온 것이었 다. 하루에도 몇 번씩 찾아가고 싶었다. 지난 4년 단 하루도 잊은 적 이 없었다. 안아주고 싶고 밥해주고 싶었다. 그러나 남편의 몫이었다. 이겨내야만 할 남편의 몫이었다.

명숙은 다음 날이 돼서야 눈을 떴다. 자신을 보고 있는 나의 모습에 얼굴부터 붉어지며 눈물을 흘렸다. 아무 말도 하지 않았다. 소리내 울지도 않았다. 그저 팔만 벌린 채 부르고만 있었다. 4년 만에 안아보는 사람, 아카시아 향이 아닌 약 냄새가 진동한다. 명숙은 한참이나 품에 안겨 흐느끼고 있었다.

"여보, 이거 봐요."

도톰한 양말 보이며 웃는 명숙의 모습이 보인다. 덩치 큰 사내와 싸우던 명숙의 모습이 보인다. 옥탑방 계단에 앉았다가 품에 안기던 스무 살 적 명숙이 가슴속으로 들어온다.

"많이 참았어. 많이 참은 거야."

눈물이 코를 타고 흐른다. 코에서도 입에서도 가슴에서도 눈물은 소리가 되어 병실 안을 채운다.

"울지 말아요, 여보. 이렇게 만났잖아. 당신 올 거라고 믿었어요. 승하의 모습이 보였으니까, 20여 년 전의 승하 모습이 보였으니까. 근데 내가 아파. 봄이 되면 가려 했는데 외로워서 보고 싶어서 더는 떨어져서 못 살겠다고, 근데 내가 아파. 이러면 안 되잖아."

깨어난 후 명숙은 기력을 회복하는 듯했다. 앉아 있는 시간도 늘어나고 얘기 나누는 시간도 많아졌다. 때로는 함께 병실 밖을 거닐기도 했다. 그동안 못했기 때문일까. 잠시도 곁에서 떨어지지 않으려 했다. 또 병실이건 밖이건 틈만 나면 입술을 내밀었다. 준비한 외투를 명숙의 어깨에 걸쳐주자 또 씩하고 웃는 사람, 팔을 껴안는 젖무덤이 그 대로 전해진다.

"여보?"

"응"

"그거 알아요. 내가 얼마나 외로웠는지"

"혼자만 외롭게?"

"피! 근데 왜 안 찾아와?"

"올 수 없었으니까."

"그렇겠지. 승하니까."

"근데"

"근데 뭐?"

"갑자기 왜 그게 하고 싶지?"

"그거? 그게 뭔데?"

"왜 있잖아. 밤에 둘이 하는 거"

그러자 명숙이 나의 귀에 대고 속삭인다.

"사실 나도! 우리 비상구로 갈까요?"

"비상구?"

"응"

"미쳤어?"

"미치긴 뭐가 미쳐?"

"들키면?"

"들키면? 들키면 마는 거지! 쫌생이 같으니라고."

그런 명숙을 보며 울릉도의 첫날밤을 생각한다. 늘 당당하던 명숙이었지만 그날 밤 그녀는 떨고 있었다. 그녀의 살결은 아주 부드러웠다. 아카시아 향은 방안을 채우고 달님도 향에 취해 눈을 감았었다.

"이제 나 승하 씨 여자야."

승하 씨 여자야, 그 소리가 어제의 말처럼 되살아난다.

"뭐 생각해요?"

생각에 빠진 모습을 보며 명숙이 물었다.

"아니 아무것도"

하지만 명숙은 이미 알고 있는 듯한 표정이다.

"내가 맞춰 봐요?"

"……"

"울릉도!"

놀란 눈으로 보자 명숙이 입김을 불며 속삭인다.

"하~~ 사실, 나도 그 생각"

이렇게만 있어도 좋을 것 같다. 더 나빠지지 않고 이렇게만 있어도 바랄 것이 없겠다고. 하지만 입원한 지 일주일 후 항암치료가 시작됐다. 치료 전날 밤 명숙은 잠을 이루지 못했다. 잠투정하는 아이처럼 뒤척이기만 하더니 보조 침대에 누운 사람의 손을 잡아끌고 있었다.

"잠이 안 와?"

"응"

몸을 일으키며 명숙을 향해 속삭였다.

"걱정하지 마. 이제 내가 있잖아."

하지만 명숙은 손을 당기기만 했다.

"여보"

"응"

"여기 올라와서 자."

"......."

"뭐 어때, 남도 아닌데. 올라와서 같이 자요."

불안한 것이었다. 조심스레 올라가 링거가 꽂힌 팔을 피해 누우며 팔을 베어주었다. 무엇이 그리 급했을까, 바로 돌아 품속으로 파고드는 사람, 긴 입김을 분다.

"하~~ 이게 얼마만이야."

"......."

"그거 알아? 당신한테서도 냄새난다는 거"

"나한테?"

"응"

"어떤 냄새?"

"잘 씻지 않는 당신한테서 무슨 냄새가 나겠어. 땀 냄새 아님 때 냄새지."

"피!"

"그래도 좋아."

"……"

"웬 줄 알아요?"

"당신 거 냄새니까."

"딩동댕. 내 거 냄새니까."

"……"

"근데 여보, 우린 왜 이렇게 못 살았을까. 왜 몇 년을 떨어져 살았을까. 가끔 슬펐어. 내가 알던 당신 모습 찾아주고 싶었는데 그래도 여잔지 슬펐어. 남들처럼 살지 못해서"

"원망스럽지?"

명숙이 머릴 끄덕인다.

"사실 조금. 근데 이제 괜찮아. 나 병 다 나으면 이렇게 살 거니까. 시인의 아내로 당신 뒷바라지해주면서 살 거니까. 당당하게 목소리 내는 당신 보며, 아닌 것은 아니라고 말하는 당신 보며, 불의 앞에서는 눈 하나 깜짝이지 않고 맞서는 당신 모습 보며 살 거니까. 그런 당신 아내로 살고 싶었어. 그렇게 살고 싶어."

"그래."

"우리 오래 같이 살 수 있겠지?"

"그럼."

"아영이 시집갈 때까지?"

"아니, 아영이 환갑 할 때까지!"

명숙이 웃으며 입술을 댄다.

"아영이 시집가고 나면.......외로울 거야."

"......."

"여보"

"응"

"나.......당신이랑 그거 하고 싶어."

"......."

"당신 여자인 거 느끼고 싶어."

다시 입술을 대며 입을 벌린다. 명숙의 입술, 명숙의 혀, 진동하던 약냄새가 아카시아 향으로 바뀐다.

"느끼고 싶었어. 당신 여자라는 거 느끼고 싶었어. 지난 4년 동안....... 나 좀만 더 힘껏 안아줘요."

〈항암치료를 통해 병이 완치되지 못함을 의사들은 잘 알고 있었습니다. 단지 생존시간을 지연시키려는 것뿐이었지요. 그러나 치료가 끝날 때마다 명숙은 초주검이 되었습니다. 몸을 일으키지도 밥을 넘기지도 살은 빠져 뼈에 붙었습니다. 그리고 곧 호스피스병동으로 옮겨졌습니다.〉

창으로 들어오는 햇살을 보며 명숙이 옅은 웃음을 짓는다. 대학교 2학년이던 명숙, 회색빛 치마 단발머리 왼 볼의 보조개. 그런데 이젠 보조개가 보이지 않는다.

"그때 생각나? 내가 당신한테 자고 가면 안 되냐고 했던 거?"

"알지."

"어떻게 사람이 그럴 수 있어. 여자가 그렇게 말했는데 그것도 같이 누워서 입술 내미는데 거절할 수가 있어."

"내가 얼마나 힘들었겠어. 그거 알아?"

"뭐?"

"불끈불끈"

명숙이 웃는다.

"당신도 그런 말 해요?"

"나는 남자 아닌가?"

창으로 들어오는 햇살이 밝다.

"그래서 당신이 더 좋았었는지 몰라. 선배들이나 친구들이나 같이 자지 못해 다들 안달이었으니까. 내가 쫌 한 미모 하잖아! 근데 웃기지, 그 많은 사람들 중에 어쩌다가 네 살이나 어린 꼬맹이에게 마음을 줬는지!"

"후회되지?"

"조금"

"……"

명숙이 고갤 돌리며 본다.

"우리가 했던 말 기억해요?"

"잃는다는 것?"

"응"

"내려놓는다는 것."

"응"

"기억한다는 것!"

"응. 나에게 남자는 당신뿐이었어. 기억해야 돼요."

"나에게도, 지켜줄 거야."

"나도 당신 지켜줄게요. 어디에 있든"

"당신은 늘 내 옆에 있을 거야."

명숙의 머리카락이 빠지던 날 아영이 모자를 사 왔었다. 세균이 그려진 모자였는데 나쁜 세균, 얘네들이 다 물리칠 거라며 명숙의 머리에 씌어주었다. 아영인 눈물을 보이지 않았다. 병실에 있는 동안은 특유의 밝은 웃음으로 명숙을 웃게 해주었다. 엉덩이도 흔들고 폴짝폴짝 뛰었다. 뛰는 모습이 소영이를 참 많이 닮은 아이, 그러나 병실을 나가면 바로 우는 아이가 아영이였다.

명숙이 떠나던 날, 소희가 아영이의 손을 잡고 명숙의 곁으로 이끌었다.

"아영야, 엄마 불러봐."

아영이 명숙을 부른다.

"엄마, 나야 아영이."

하지만 명숙은 아무런 대답이 없다.

"엄마한테 사랑한다고 말해줘."

아영이 울먹이기 시작한다.

"엄마 사랑해. 아영이가 사랑해."

"엄마 잘 가라고 말해줘."

아영이의 입술이 쭈뼛댄다. 병원에선 울지 않던 아이, 우는 모습이 똑같은 아이. 아영이가 울음을 터뜨리며 말을 한다.

"싫어!"

"아영아."

소희도 운다.

"이모 나빠. 엄마한테 왜 가라고 해!"

아영이 명숙의 팔을 잡고 흔들어댄다.

"엄마! 아영이야. 눈 떠봐. 눈 떠봐 엄마!"

아영이 명숙의 얼굴을 만지며 눈꺼풀을 올려보지만 명숙의 눈은 떠지질 않는다.

"아영이가 왔어! 왜 자꾸 눈 감아. 왜 엄마! 눈 떠봐. 제발 눈 떠봐!"

아영이 나의 팔을 이끌며 명숙을 가리킨다.

"아빠! 엄마 좀 어떻게 해봐. 엄마가 눈 안 떠! 아빠가 살려봐. 아빠가 엄마 좀 살려봐."

"……"

"엄마가 그랬어. 아빠는 뭐든 할 수 있는 사람이랬어. 아빠는 대통

령보다 더 훌륭한 사람이랬어. 그러니까 아빠, 아빠가 살려봐. 아빠가 엄마 좀 살려봐. 엄마 좀 살려봐요 아빠!"

아영이의 울음소릴 들으며 소희가 명숙의 가슴에 얼굴을 묻는다.

"선배가 있었기 때문에 살았어. 이렇게 사는지 몰랐어. 그런 선배께 하소연만 했어."

"조금만 기다려. 보고 가야 하잖아. 그래야 하잖아. 내가 보내달라고 했어. 언니가 부탁했잖아. 그래서 날 부른 거잖아! 그러니 언니 조금만 기다려. 보고 가야 하잖아!"

마당이 사람으로 가득하다. 햇살은 밝고 산은 푸르다. 익어가는 백숙 냄새가 개울 따라 퍼지는 시간, 개울 건너 버스승강장으로 세 명이 내리고 있다.

"야~~ 한 시인! 너무 한 거 아냐! 이렇게 좋은 데서 살면서 이제 연락한단 말이야."

"그래서 오늘 이렇게 모였다 아니에요!"

"어! 지금 나에게 따지는 거?"

"말이 그렇다는 거!"

문학교실 방문이 있는 날 강 시인의 말처럼 많은 회원들이 내려와 마당을 메웠다. 함께 어울리며 음식 준비하는 마을 사람들, 일부는 호미 들고 꽃을 심는다.

"어쨌든 대단해, 어떻게 한 시인 같은 사람한테 그렇게 훌륭한 부인이 있었는지 딸도 잘 큰다며?"

"그럼요, 전교 1등!"

"또 시작이야. 아빠는 시인이자 사회운동가! 딸은 전교 1등에 영재반, 이거이거 뭔가 냄새가 나"

"또 뭐요?"

"또 뭐요? 지금 스승한테 하는 말?"

"거기다가 원 플러스 원!"

"잉! 원 플러스 원?"

"저기 봐요!"

나의 손이 버스승강장을 향했다. 아영이, 나를 닮은 아이, 교복 입은 아영이가 팔 버리며 뛰어오고 있다.

"아빠!"

나도 발걸음을 옮겼다.

"뛰지 마라. 넘어지면 다친다."

하지만 아이는 뜀박질을 멈추지 않는다. 단발머리, 보조개, 회색빛 치마, 뒤를 따르는 꼭 닮은 숙녀 하나.

"아빠! 저도 왔어요. 이모도 왔어요. 엄마 보러 간다고 아영이가 아침부터 보챘어요. 여기 큰 아영이도 왔어요."

1년을 그리워하며 살았는데
그까짓 하루를 참지 못할까?

다시는 보지 못할 거라는
아픔 속에서도 견디었는데
그 하루를 이기지 못할까?

평생을
마음속 그리움으로 간직하리라 맹세했는데
하루 낮 떠난다는
그까짓
그 하루를 보내지 못할까?

참을 수는 있어도
이길 수는 있어도
찰나의 하루를 끝내 넘기지 못하는

그리워라.

그리워라.

바람소리에도 눈물 나는

사랑아.

사랑아.

– 달맞이꽃 –

아빠의 선물 2010

아빠의 선물 2010

아빠가 떠나간 지 2년이 지났다.

언덕 위 아름드리나무가 되어있을 나의 아빠.......

아빠 심신이 약하신 분이었다. 싸움 자리를 만나면 피해서 돌아갔고 사람들과 눈 마주치는 것조차 내켜 하지 않으셨다. 내가 열 살, 그러니까 초등학교 3학년 때까지만 해도 아빠 누구보다도 밝고 명랑한 분이셨다. 또 아빠 나와 얘기하고 놀기를 좋아하셨고, 과자 하나를 가지고도 싸우다가 결국 내 눈에서 눈물을 흘리게 하고서야 웃음 띠며 사과하는 장난 끼도 많은 분이셨다.

"에구, 넌 우째 이리 예뻐!"

아빠 내가 하는 말 한마디, 행동 하나에도 입가에 박꽃 같은 미소를 머금으셨다.

그런 아빠가 변하기 시작한 건 내가 열한 살이 되던 해 할머니가 돌아가시고부터였다. 치매를 앓아오시던 할머니가 혼자 집 밖으로 나가셨다가 교통사고를 당했다는 소식을 듣고는 아빠 이후 한 달간 말 한마디 하지 않으셨다.

어릴 적 희미한 기억이지만 큰 집에 가보자는 아빠의 말에 엄만 밤이 늦었으니 다음에 가자고 했고, 잠시 뒤 아빠의 울음소리가 들렸었다. 사실 엄만 명절날 빼곤 할머니를 찾지 않으셨다. 나중에 안 사실이지만 자식에 대해 무조건적인 희생을 강요하는 할머니의 생각을 그때 엄만 받아들이기 힘들었다고 했다. 건강이 별로 좋지 못했던 할머닌 내가 유치원 졸업할 무렵에 치매에 걸려 큰집에서 생활하게 되셨다. 그때부터 할머닌 엄마만 보면 입에 담지 못할 욕을 하셨다고 했다. 정신이 없는 상태이니 이해하자는 아빠의 마음을 엄만 받아주지 못했고 아빠 역시 엄마의 마음을 보듬어 주지는 못했다.

아빤 술을 마시는 날이 많아졌고 만취가 되어 들어올 때가 다반사였다. 곱게 마시지도 않았다. 혼자 울기도 하고 웃기도 하고 별것도 아닌 일을 가지고 트집도 잡고 짜증을 내기도 했다. 아빠에 대한 소문은 빨리도 동네 사람들 사이로 퍼져나갔다. 엄만 그런 사실이 싫었다. 저런 사람이 남편이라는 것도 아이의 아빠라는 것도 부끄러워지기 시작했다.

지금 사는 집을 사러 다닐 때 엄만 아빠가 앞 베란다에서 손을 뻗으면 잡히는 대추나무가 있다고 그래서 이곳 2층을 샀다고 했다. 아빠 말처럼 가을이 되자 대추나무에선 많진 않았지만, 대추가 열렸고 대추나무 옆에 심어져있는 소나무 가지가 따가운 햇살을 막아주기도 했다. 넓은 집으로 이사를 오고 처음으로 산 아파트이기에 엄마의 일과는 집 곳곳을 둘러보는 것으로 시작되었다. 어디에 당근이 수놓아진 액자를 걸까? 커튼은 어떤 식으로 묶어서 오늘은 놓을까? TV 받침대와 집안 분위기가 맞지 않는데 무슨 색 시트지를 사서 붙일까? 등등 엄마는 내 이름을 부르며 어떻게 하면 좋겠냐고 묻곤 했다. 그럴 때 보는 엄마의 얼굴은 너무 좋아 어쩔 줄 모르는 또래 아이들처럼 입이 귀에 걸리곤 했다. 하지만 아빠 별로 관심이 없었다. 그저 엄마가 원하면 그럼 그렇게 하면 되지 하고 응해주기만 할 뿐 엄마와 내가 힘들게 시트지를 붙인 TV 받침대가 변했는지도 모르는 그런 분이었다. 그저 집을 사며 빌린 은행 융자금을 어떻게 갚을까 하는 것이 아빠의 제일 큰 고민거리였다.

그렇게 행복하던 시간은 할머니의 죽음으로 차츰 어두워지기 시작했고 급기야 1층에 이사를 온 신혼부부에 의해 더 심해져 갔다. 1층 아저씬 작은 소리에도 민감하게 반응하며 올라왔다. 심지어 청소기를 돌려도 그 소리가 시끄럽다고 올라왔으며 벽에 못 하나 박는 소리도 참지 못했다. 아내가 예민하다며 어떤 날은 나를 목욕시켜주는 물소리가 시끄럽다며 술에 취해 초인종을 누르기도 했다. 그래서 엄만 초인종 소리만 나도 가슴이 덜컹한다며 무서워했다. 때문에 나 역시 뒤꿈치를 들고 걷는 이상한 버릇까지 생기게 되었다. 블록 장난감을 가지고 놀 때에도 이불을 깔고 놀아야 했고 엄마가 사준 전자 피아노도 소리를 제일 작게 해서, 그러니까 건반 누르는 소리보다도 작게 해서 쳐야했다.

남에게 싫은 소리 못하고 싸움 자린 피해 다니시던 아빠가 몇 번 내려가 사과를 하고 아파트 구조상 어쩔 수 없는 부분도 있으니 서로 조금씩 양보하며 살자고 말하기도 했다. 그랬던 아빠가 모임에서 술을 마시고 10시쯤에 들어온 날, 뒤꿈치를 들고 걷는 나를 보게 된 것이다.

"아영아, 너 왜 그렇게 걷니?"

나는 아무 말 못 하고 엄마만 쳐다보았다. 그러자 아빠 엄마를 보며 다시 물었다.

"아영이 왜 저렇게 걸어요?"

하지만 엄마는 당신도 알고 있지 않느냐는 표정을 지어보였을 뿐이었다. 아빠의 얼굴이 굳어지더니 현관문을 열고 나가셨다. 그리고 1층 현관문을 심하게 두드리는 소리가 났고 그 집 아저씨를 잡고 싸우셨다. 그런 아빠의 모습은 첨이었다. 엄마가 내려가 말렸지만 아무 소용이 없었고 급기야 아래층 아줌마의 신고로 경찰까지 오게 되었다. 심하게 다친 아래층 아저씬 아빠를 상대로 고소를 했고 그 합의금은 아빠 몰래 엄마가 냈다.

그 일 이후 술 마시고 들어온 날엔 거실 바닥을 발로 쾅쾅 찍으며 소리를 질렀다. 아파트에 살면서 그 정도의 이해심도 없냐며 당신 같으면 한참 뛰어놀 아이가 그렇게 걷는 모습 보면 어떻겠냐며 소리를 질렀다. 엄만 아빠의 그런 모습에 지쳐갔다. 왜 맑은 정신으로 하지 못하고 술만 마시면 그러냐고 싸우기도 했고 동네 사람 부끄러워 못 살겠다며 하소연도 했다.

아랫집은 아빠와 싸움이 있은 지 한 달 조금 지날 무렵 다른 곳으로 이사를 갔다. 하지만 변한 것은 없었다. 변한 것이 있다면 술에 취해 들어오는 아빠의 모습이 더 잦아졌다는 것과 내 방문을 닫고 옆 방으로 가서 싸우시는 일이 많아졌다는 것이었다.

엄만 아이처럼 마음이 여렸지만 완벽한 것을 좋아했다. 윤리 선생님처럼 지나칠 만큼 윤리의식이 강했고 계획한 대로 생활이 돌아가길 원하는 엄마만의 가치관을 가지고 있었다. 아빠는 간혹 숨이 막힌다고 했고 자신이 기계냐며 울부짖기도 했다.

한번은 아빠가 예전에 일하던 회사 여직원이 아빠에게 전자메일을 보낸 일이 있었다. 아빤 그것을 보고 엄마에게 자랑을 했다.

"그때 스물 갓 넘었던 애가 아이를 둘씩이나 낳아 이만큼 키웠네."

하며 웃었는데 엄마는 시집간 여자가 왜 당신한테 연락하냐며 그것을 보고 웃음이 나냐며 이해가 안 간다고 아빠에게 말했다. 두 분의 감정이 안 좋아진 상태였지만 내가 듣기에도 그것은 심한 것 같았고, 듣기에 따라서는 비아냥거림처럼 들릴 수도 있는 말이었다. 그날 아빤 엄마 앞에서 옷을 다 벗고 알몸이 되어 제발 속을 뒤집어보라고 말했었다.

할머니 장례식이 끝나던 날도 엄만 뒤늦게 돌아온 아빠를 보며 누구 만나지 말라는 말부터 했었다. 엄만 누구보다도 아빠를 끔찍이 생각했다. 그렇게 사랑하는 마음이 크다가 보니 예민한 반응을 보였을지도 모르겠다. 엄만 작은 꽃 한 송이에도 감동하고 따뜻한 햇살에도 소녀처럼 좋아하며 미소 띠는 그런 분이었다. 아마 곰팡이 냄새 가득한 지하 단칸방에 사는 남자에게 사람만 보고 결혼해주는 여자도 많지는 않을 것이다. 아빤 늘 그것에 감사했었다.

하지만 아빠의 마음엔 상처가 조금씩 깊어갔고, 잠시 숨 돌리지 못하고 더 큰 뭔가를 향해 쉼 없이 일해야 하는 현실을 안타까워하기도 했다. 아빠는 목수가 아니라 도자기를 만드는 도공이 꿈이었다. 성인이 되고 나서야 알게 된 일이지만 어쩜 아빠와 잘 어울리는 일인 것 같다는 생각이 들었었다. 하지만 그런 것에 대한 얘기는 엄마도 아빠도 해주지 않았었다. 미리 내가 알았더라면

"그럼 아빠, 지금이라도 시작하면 되잖아."

하고 말해주었겠지만 그랬다고 과연 아빠가 마음 편하게 그렇게 할 수 있었을까? 나는 점점 커가고 물가는 오르고 대출금은 갚아야 하고 씀씀이도 마찬가지, 그러나 하루 일당을 받고 일하는 아빠의 수입은 7년 전이나 똑같았다. 아빠는 쉴 수 없었고 숨 돌리지 못했다. 일하기 위해서 싫은 사람들과 어울리기도 했고 모임에 들어 술자리

를 가지기도 했지만 엄만 그런 것이 싫었다. 아빠도 첨부터 주정뱅이
는 아니었다.

그러던 아빠가 집을 나갔다. 내가 초등학교 6학년 되던 해였다.

아빠에게선 아무 연락이 없었다. 엄마도 전화하지 않았다. 가끔 문
자를 주고받는 것 같았지만 말해주지 않았다. 함께 일하던 아저씨들
에 의하면 같이 일하지도 않는다고 했다.

엄만 아파트 앞 대형마트에서 일을 하기 시작했다. 시간제로 아침
10시부터 오후 5시까지 근무를 했다. 학교 다니는 나 때문에 마트 측
과 그렇게 합의를 한 모양이었다. 얼마간은 큰 변화 없이 지냈다. 단
지 아빠가 없다는 것뿐, 내 생활에 달라지는 것은 없었다. 그러나 6
학년이 되면 미술학원 다시 보내주겠다던 엄마의 약속은 아빠로 인
해 지켜지지 않았고, 자전거 사준다는 약속도 지켜지지 않았다.

"엄마 아빠 아직 안 와?"

아빠는 집을 나가고 내가 대학졸업반이 될 때까지 나타나지 않았
다. 1층 아저씨가 지겹도록 현관 벨을 눌러대던 2층 우리집에서 아
빠의 자리는 조금씩 아주 천천히 그렇게 잊혀져가고 있었다.

"아영아, 이번에 졸업 여행 가기로 한 거 너도 갈 거지?"

고등학교 때부터 단짝이었던 경란이 아르바이트를 위해 바삐 걷는
나를 불러 세우며 물었다. 나는 고등학교에 입학하고부터는 방학 때

가 되면 빠지지 않고 아르바이트를 했었다. 편의점, 빵 가게, 분식집, 주유소, 자동차 부품공장까지 가서 일했다. 그중 제일 기억에 남는 곳은 자동차 부품공장이었다. 그곳에서 만드는 것은 자동차 전조등이었다. 그것도 승용차가 아닌 화물차 보조등으로 쓰이는 것이었는데 어떤 사람은 전구를 끼우고, 어떤 사람은 배선을 연결하고, 또 어떤 사람은 유리와 플라스틱을 결합했다. 나는 그중에서 완성된 것을 박스에 넣는 일을 했다. 시간이 조금 지나가니 보지 않고도 박스를 접어 전조등을 넣고 마무리까지 하게 되었다. 고3 겨울방학 때였는데 공장 난로 위에서 구워 먹던 고구마 맛이 잊혀지지 않았다. 그렇게 일을 하면서도 나의 학교 성적은 늘 상위권을 유지했고 대학 역시 장학생으로 입학을 했다.

나의 마음을 사로잡은 것은 순수미술이었다. 그중에서도 동양화에 매료되어 고등학교 2학년 때부터 그 하나에 매달렸다. 그 안에서도 풍경화가 좋았다. 산과 강, 정자 또는 바위를 그리고, 거기에 상상력을 덧붙여 보이지 않는 어떤 존재를 그려 넣곤 했다. 그림을 그리고 학과 공부를 하고 아르바이트를 하는 바쁜 일상 속에서도 간간이 짬을 내어 여행을 다녔다. 여행지에 가서 새로운 풍경을 접한다는 것은 참 즐거운 일이었다.

강원도의 예미라는 작은 마을을 찾은 적이 있는데 온통 흰 눈으로 덮였었던 겨울이었다. 기찻길만 선명하게 보이는 길 위로 기차가 다가오는 모습이 인상적이어서 추운 날씨에도 불구하고 그 자리에 서서 그림을 그렸다. 그 그림으로 다음 해 열린 전국 고교 미술대회에서 대상을 받았다. 그때 느낀 건 현대식 건물이나 생활방식 등도 충분히 동양화에 담을 수 있다는 것이었다. 그래서 시장 풍경이나 빌딩 숲 속의 사람들 모습들을 화폭에 옮겨 보았다. 심지어는 축구경기 등의 스포츠 종목들도 그려 보곤 했다. 물론 나는 화려한 치장을 추구하진 않았다. 꼭 필요한 것만을 골라내어 간략하게 그리는 것을 좋아했다. 사군자를 그리는 것도 학을 그리고 물고기를 그리는 것도 즐겨했지만 가장 좋은 것은 사람들이 살아가는 삶을 표현하는 것이었다.

경란은 나와 동양화를 함께 전공하는 친구이다. 학업 성적에선 내가 늘 우위였지만 나는 그 친구의 섬세함에 깜짝 놀라곤 했다. 경란은 풀잎에 맺힌 이슬 하나까지 놓치지 않는 친구였다.

"넌 왜 그렇게 소소한 것까지 다 담으려 하니?"

하고 물으면 늘 이렇게 대답하곤 했다.

"소소한 것까지 담으려는 것이 아니라 풀잎에 맺힌 이슬이 예쁘기 때문이야."

약간은 추구하는 것이 다를 수도 있겠지만 어찌 되었건 우린 서로의 그림을 보며 격려하고 조언도 해주는 그런 친구 사이였다.

다급히 쫓아온 경란이 나의 팔을 잡으며 웃었다.

"잘 모르겠어. 엄마랑 상의해봐야 할 것 같아."

물론 엄마 얘기를 한 건 핑계였다. 그저 졸업여행이라는 형식적인 여행이 내키지 않았고, 요즘 몸이 별로 좋지 않았기 때문이기도 했다. 꽤 오래전부터 눈이 침침해지고 피로감이 몰려오곤 했다. 하룻밤 자고 나면 괜찮겠지 한 것이 벌써 몇 달을 넘어선 것이었다.

"넌 갈 거지? 복학한 선배 중에 너 좋아하는 선배도 간다며?"

그러자 경란은

"몰라 난 관심도 없는데 뭐!"

하며 관심 없다는 듯 말했다.

경란의 아버진 시내에서 큰 학원을 운영하고 있었다. 입시 학원인데 영어 교사만 열 명이 넘는 규모의 종합학원이었다. 가끔씩 함께 놀러갈 때면 어김없이 중국집에서 자장면이며 탕수육을 시켜주시던 경란의 아버진 인자한 얼굴에 품위가 있어 보였다. 경란의 아버진 첨나를 보며 이렇게 말했었다.

"아르바이트를 하면서도 늘 1등 한다지. 부모님께서 자랑스러워하시겠구나!"

그러나 나는 아무 말도 하지 않았었다. 그저 네 감사합니다, 하는 대답만 했을 뿐이었다. 그럴 땐 집을 나간 아빠 생각이 났다. 아빠 지금 뭘 하고 있을까? 내 생각은 하는 걸까? 왜 오지 않는 걸까? 그러다 불쑥 아빠 나빠! 나를 버리고 갔잖아. 아빠만 있었어도 아르바이트 안 해도 되는데 하는 생각....... 또 그러다가 문득 앞에 계신 경란의 아버지 모습에 아빠가 초라해 보이기도 했다. 거칠고 볼품없는 손으로 하트를 만들어 날리시던 아빠, 아빠 왜 경란의 아버지처럼 되지 못했을까 하는 생각이 간혹 났다. 물론 지금도 아빠에 대한 원망이 조금도 없는 것은 아니지만 한편으로는 가엾다는 생각도 들고 아래 층 아저씨와 싸우시던 아빠의 모습은 그래 내 아빠였어. 하는 생각도 들게 했다.

버스 정류장에서 경란은 집으로 가는 버스를 탔고 나는 아르바이 트하는 편의점을 향해 걸었다. 이제 며칠만 하면 나의 아르바이트도 끝이라는 생각에 홀가분한 마음이 들었다. 편의점 사장님은 성실히 일해 준다고 좋아하셨지만 난 물건 팔고 돈 받고 계산하는 것이 적 성에 맞지 않았다. 그래도 마땅히 할 만한 곳이 없으니 어쩔 수 없는 일이었다.

그날 저녁 엄만 나를 거실 테이블로 불러 앉히더니 손에서 은행통 장 하나를 건네주었다. 4000만 원이 넘게 찍혀있는 통장이었다. 난 너무 놀란 나머지 엄마를 한참이나 바라보아야 했다.

"엄마! 이게 뭐야?"

그러자 엄만

"졸업하면 학원 차리는데 보태 써. 너 앞으로 저금한 거니 더 묻지 말고......"

하는 것이었다. 거짓말을 하고 있는 것이 분명했다. 엄마의 수입은 뻔했고 그 돈으로는 대출금을 갚고 생활비 하기에도 빠듯한 돈이었 다. 학원을 운영하는 것이 내 꿈의 하나이긴 했지만 졸업을 하자마자 학원을 오픈할 생각은 없었다. 어떻게 하던 내가 벌어서 해야 할 일이라고만 생각하며 살아왔다. 그런데 이런 뜻밖의 통장을 엄만 나에게 주려 하고 있었다. 혼자 날 키워 오신 엄마가 가엾고도 감사했다. 작은 꽃 한 송이에도 미소 짓던 엄마는 흔들림 없이 10년이라는 세월을 나만 보며 사셨다. 내가 한눈팔지 않고 열심히 공부할 수 있었던 것도 어쩜 그런 엄마가 있었기 때문에 가능한 일이였을지도 모르겠다. 엄마가 내미는 통장을 받을 수는 없었다. 이제는 다 컸으니 나보고 알아서 하라고 한사코 말씀하셨지만 그것은 안 될 말이었다. 나중에 때가 되면 달라고 엄마 볼을 잡고 고개를 끄덕끄덕해 보였다.

내일은 집 뒷산에 올라갈 생각을 하며 자리에 누웠다. 소나무가 울창한 산으로 등산로 사이사이에 벤치가 놓여 있고 청설모가 자주 모습을 드러내는 산이었다. 산을 오를 때마다 생각이 든 것은 저 청설모는 사람들을 보며 뭐라 생각할까 하는 것이었다. 다소 엉뚱하게 들리기도 하겠지만 짐승 눈에 비친 사람의 모습이 궁금해지는 건 사실이었다. 아마 아빠가 있어 이 얘길 들으신다면 분명 이렇게 말했을 것이었다.

"싸우지만 마라."

다음 날 아침 일어났을 때 눈앞이 핑 도는 느낌을 받았다. 한참을 가만히 눈을 감고 앉아 있다가 베란다를 향했다. 대추나무는 그 키가 자라 유리창 꼭대기까지 가지가 뻗었고 해마다 열리는 대추의 수도 점점 많아졌다. 관리사무소에서 우리에게 감사해야 할 일이었다. 음식물 쓰레기를 말리고 갈아서 주기적으로 뿌려주었다는 것을 안다면 말이다. 사람이나 짐승이나 또는 식물이나 보살핌을 받으면 받을수록 곱고 싱싱하게 자라는 것은 같은 이치일 터이다. 산을 찾겠다던 계획은 물거품이 되었다. 비가 세차게 내리고 있었기 때문이다. 엄만 아침 준비를 하고 있었는데 나는 그 옆에서 물을 끓여 커피를 탔다. 그래 봤자 일회용 믹스커피였지만 엄만 내가 타주는 커피를 제일 좋아하셨다. 아마도 엄만 내가 엄마보다 물을 적에 붓는다는 것을 모르고 있는 것 같았다. 커피는 종이컵으로 탔을 때 물이 반 조금 위로 살짝 올라올 때가 제일 맛있다. 나만의 입맛일지는 모르지만 과 친구들끼리 모여 커피를 마실 때도 내가 타주는 것이 제일 맛있다고 했었다. 하지만 난 엄마에게 물의 양을 얘기해주진 않았다. 내가 타주는 커피를 마시는 것이 엄마의 낙일 테니 굳이 말할 필요가 없는 것이었다. 엄마와 오붓하게 커피를 마시며 밥솥에서 피어나는 김을 보고 있을 때 전화벨 소리가 들렸다. 아침부터 웬 전화지 하며 다가간 엄마가 수화기를 들고 말했다.

"여보세요?"

"······"

"네 형님."

"······"

"네! 뭐라고요?"

엄만 아무 말 없이 서 있었다.

"엄마, 왜 그래? 무슨 일이에요? 엄마."

엄마는 말이 없었다. 그저 창밖으로 내리는 비만 무심히 바라보다가 혼잣말처럼 중얼 그렸다.

"큰아빠가 돌아가셨단다."

하나뿐인 큰아빠는 아빠와 똑같이 생겨 그래서 쌍둥이 같다고 말하는 아빠보다 일곱 살이 많은 분이었다. 나만 보면 뽀뽀 한 번 하자며 놀리시고 엄마에게 늘 미안하다며 사과를 하시던 마음 착한 분이었다. 그런 큰아빠가 졸업여행을 얼마 앞둔 그날 뇌출혈로 세상을 떠나셨다.

3일 장을 치르는 동안 많은 사람들이 오고갔다. 하지만 발인 날까지 아빠는 모습을 보이지 않았다. 엄마는 수시로 핸드폰으로 어디론가 전화를 했지만 연결이 되지 않는지 곧 내려놓기를 반복했다. 아마도 아빠에게 했을 것이다. 아빠를 찾는 것은 엄마뿐이 아니었다. 60이 넘은 큰고모부터 아빠의 동생인 막내 고모에 이르기까지 모두 아빠의 빈자리를 찾고 있었다. 하지만 엄마도 아빠가 있는 곳을 모르고 있는 것이 분명했다. 알고 있다면 엄마 성격에 이런 날 찾아오지 않을 일이 없었다. 아빠의 형제는 큰아빠가 유일했고 큰아빠에겐 아들이 없었다. 그래서 아빠를 찾지 못하면 할아버지 할머니 제사 지내는 것부터 문제가 되었다. 아들 하나 두지 못한 큰아빠의 영정 앞에선 큰엄마와 언니 둘이 자리를 지키고 있었다.

큰아빤 초등학교 교장 선생님이었다. 정년도 2년밖에 남겨두지 않앉았다. 학교 선생님들과 소식을 듣고 찾아온 옛 제자들이 마지막 가는 길을 외롭지는 않게 했다. 이틀 전에 내리던 비는 큰아빠 마지막 가시는 날까지 멈추지 않고 내렸다. 큰아빠가 묻힐 공원묘지에는 온통 검은색 옷을 입은 사람들로 가득했고, 하늘은 파란 우물 하나 없이 온통 안개와 같은 잿빛 차지였다. 사람들의 울음소린 가슴을 찢을 것 같았고 그때 본 그 모습은 내가 지금껏 본 광경 중 가장 슬픈 모습이었다.

회색빛 하늘아래
슬픔에 고개 숙이는 풀잎의 고운 마음아
너의 굵은 눈물에
검은 상복의 사람들 얼굴이 붉게 물든다.
지금 내리는 것이 비겠니?
떠나는 자의 아픔이고 보내는 이의 슬픔이다.

오열하며 쓰러지는 큰엄마를 잡고 있는 사람은 고모도 언니도 아닌 나의 엄마였다. 그리고 그 시간 그땐 몰랐지만 장례식에 참석치 못한 아빤 경기도 어느 정신병원에 갇혀 있었다.

집을 나간 아빠가 처음 찾아간 곳은 도자기로 유명한 어느 도시였다. 그리고 그곳에서 인테리어 가게를 찾아다니며 일거리를 얻었다. 물론 처음부터 일을 주는 업체는 없었다. 일 양이 많아 사람을 구하기 어려울 때 그때나 아빠를 찾았지만 아빠 그간 해온 경험을 살려 오래지 않아 인정받고 자리를 잡기 시작했다. 그러나 아빠가 그곳을 찾은 것은 일 때문이 아니었다. 도자기를 만들고 싶어서였다. 그것은 아빠가 늘 가슴에 품고 살아왔던 꿈이기도 했다. 그러나 40이 넘은 아빠를 받아주는 곳은 어디에도 없었다. 또한, 아빠가 생각하는 도자기는 거기 없었다. 또 많이 변해있었다. 아빠 조선 막사발과 같은 자기를 만들고 싶어 했다. 조선 시대 서민들 사이에서 사용되던 그릇이기도 했던 그것은 매끄러운 곡선에 화려한 색상 또는 뛰어난 문양과 고풍스러운 자기와는 거리가 먼 서민적인 정서가 묻어나는 그런 자기였다. 많은 도자기 공장은 이미 기계화되어 있었고 규격에 박힌 제품과 학생들의 체험관으로 바뀌어가고 있었다. 첨엔 딱 1년이라고 했다. 그렇게 1년만 해보고 돌아오겠다고 했다. 아닌 것 같으면 깨끗이 포기하고 돌아와 가정에만 충실하겠다고 했었다. 물론 엄마가 반대한다고 가지 않을 아빠는 아니었다. 그때 아빠 더 물러설 곳이 없었고 그렇게 하지 않고는 살 수 없을 만큼 생활에 지쳐있었다. 하지만 아빠 가르쳐주는 곳도 없는 그곳에서 10년을 머물렀다.

변두리 농가 주택을 얻어 그곳에 손수 장작 가마를 만들고 흙을 구해와 막사발을 만들기 시작했다. 어디에서 배운 것도 없고 방법도 모르던 아빠 막사발에 대한 정보를 찾아다니며 그렇게 하나씩 만들어갔다. 연기가 피어오르는 것에 화재신고가 접수돼 소방서에서 출동

하기도 했고 누군가의 신고에 무허가 사업이라는 조사까지 받기도 했다. 아빠의 머릿속엔 오로지 조선 막사발이라는 황토빛이 나는 사발만이 있을 뿐이었다.

하지만 막사발은 좀처럼 만들어지지 않았다. 어렵게 만든 몇 개의 사발을 가지고 그 분야 전문가들을 찾아가 보여 줄 때면 어김없이 싸늘한 냉대만 받았었다. 초등학생들이나 만들 법한 물건이라고 이것이 어떻게 작품이 되겠느냐는 것이었다. 첨엔 왜 이것이 작품이 되지 못하냐고 반문했던 아빠도, 차츰 자신이 만든 사발은 엉성하고 볼품없는 그저 흙덩어리를 구운 것에 불과하다는 생각에 사로잡혔다.

'아니야. 이건 아니야.'

아빤 배우지 못하고 흘러버린 세월이 야속하기만 했다. 다시 20년 전으로 돌아간다면 아니 10년 전으로만 돌아갈 수 있다면, 그러다가도 아니야 나에겐 아내와 아이가 있어 하는 생각에 머리를 쥐어뜯으며 괴로워했다. 차츰 아빠의 눈동자는 흐려지고 있었다. 표정에 변화도 없었고 일 잘한다고 소문이 났던 목수로서의 아빠도 자리를 잃어갔다. 일을 마치고 집으로 돌아온 아빤 가마 앞에 앉아 멍하니 하늘만 쳐다보았다. 웃다가 울었다. 그리고 또 웃었다. 길을 가다가 개집 옆에 깨져있는 사발 조각을 보고는 이것이 작품이야 하며 웃기도 했고, 비틀거리며 걷다 쓰러져 잠들기도 했다. 아빠의 손에서 떠나지 않았던 술병....... 복수가 차오르고 몸이 부어올랐다. 얼굴빛은 누렇게 변해갔고 방금 한 일도 기억하지 못했다. 지나가는 사람들 앞에

넙죽 엎드려 구걸도 했고 나는 도공이야! 하며 큰 소리로 웃다가 쓰러지기도 했다.

큰아빠의 장례식이 있을 때, 아빠 정신병원 1인 격리실에서 사경을 헤매고 있었다. 그 모습을 보았다면 누구도 다시 그곳을 살아서 나올 것이라고는 생각지 못했을 것이다. 기저귀를 차고 소변 줄을 꼽고 의식마저 가물가물한 상태로 그렇게, 그곳에서 3개월을 아빠 있어야 했다.

엄마는 이제 카운터 업무만 보게 되었다. 물건 진열하고 판매하는 것이 힘이 부치었기에 마트 측과 결정한 일이지만 문제는 카운터에 의자가 없어 계속 서서 있어야 한다는 것이었다. 카운터 일을 한 지 보름도 채 되지 않았을 때 엄마의 무릎이 부어오르기 시작했다.

쉬는 날 엄마와 함께 정형외과를 찾았는데 예상대로 연골에 무리가 가서 생긴 일로 정기적인 물리치료와 약물치료를 받고 일을 하지 않아야 된다는 것이었다. 엄만 계단 내려오는 것도 힘들어하셨다. 나는 1번 버스가 11번 버스인 줄 알았다. 마치 현기증이 나서 세상이 빙글 도는 것처럼 보이듯 순간순간 보이는 사물이 온통 흐리게만 보이기 시작했다.

병가를 낸 엄마와 모처럼 편안한 둘만의 시간을 보내고 있던 어느 날, 마트에서 함께 일하던 은숙이 아줌마가 놀러 왔다. 아줌만 여전히 밝은 모습으로 소뼈를 사서 들고는 들어오셨다.

"이모, 오랜만이야."

하고 인사를 했다.

"기집애. 내 손에 뭔가 들려 있을 때만 이모래!"

하며 눈을 흘기셨다. 사실 난 은숙이 아줌마가 참 좋지만 한 가지 마음에 안 드는 것이 있었다. 말이 너무 많다는 것....... 그래서 어떤 때는 내가 한 말도 다른 데 가서 하는 거 아니야 하는 생각마저 들곤 했다. 어쨌든 은숙이 아줌마와 엄마는 10년을 알고 지내는 사이였다. 그래서 난 기분 좋을 때는 이모라고 했고 아닐 땐 호칭을 부르지 않았다. 그래서 아줌마는 항상 나를 새침데기라고 했다. 누가 하라고한 것도 아닌데 은숙이 아줌만 싱크대를 뒤지며 큰 냄비를 꺼내더니 사가지고 온 뼈를 넣고 끓이기 시작했다. 이런저런 재료들이 많았는데 그런 것에 젬병인 나는 뭔지 알지 못했다. 나는 그런 아줌마를 위해 비장의 무기인 믹스 커피를 세 잔 타서 거실 테이블에 올려놓았다.

"언니는 좋겠다. 벌써 아영이 졸업하고....... 난 이제 고 2네."

그러자 엄만 웃으며 그랬다.

"얘는, 넌 든든한 신랑 있잖아. 직업 군인에다가 혜택도 많고 뭐가 부족해. 감사해야지."

"하긴 그렇긴 하지만......."

그러다가 문득 생각났는지 큰소리로 박수를 치고는 엄마를 향해 속사포처럼 말을 하기 시작했다.

"참 언니, 왜 저기 저 아랫동에 결혼하고 10년이 지나도 애가 없어 힘들어했던 집 있잖아. 글쎄 그 새댁이 집 팔고 돈 찾아서는 도망을 갔다네. 다른 남자랑 바람이 나서 함께 갔다나 봐. 근데 언니 그 집 남편이 글쎄 그저께 죽었잖아. 연못에 가서 빠져 죽었대."

그 집이라면 나도 알고 있었다. 남자한테 문제가 있어 아이를 가질 수 없어 여러 가지 방법을 해보았지만 안 된다는 것이었다. 엄마는 은숙이 아줌마의 얘기에 반응을 보이지 않았다. 이미 알고 있다는 듯이 내가 타준 커피를 마시며 화제를 바꾸었다.

"마트 사장님 별 말 없어?"

엄마가 물었다.

"무슨 말?"

"다른 사람 구한다지?"

그제야 무슨 말인지 알았다는 듯 대답을 했다.

"맞다, 얘기해준다는 게 깜빡했네. 언니한테 많이 미안해하셔."

"……"

"이제 언니 어쩔 거야?"

엄만 잠시 창밖을 보더니 금방 밝은 표정 지으며 얘기했다.

"어쩌긴 뭘! 우리 아영이 다 컸고 이제 학원 차려 돈 벌면 나 용돈 줄 텐데, 안 그래? 아영아."

그 말에 크게 고개 끄덕이며

"으응!"

하고 대답하자 은숙이 아줌마는 천정을 보며 한숨을 쉬었다.

"부럽다 부러워. 난 언제 그래 보나.......어휴."

그러자 엄마의 똑같은 이야기가 이어졌다.

"얘는, 든든한 신랑에......."

그 말이 나오리란 걸 알았다는 듯 말을 가로채며 고개를 흔들었다.

"그만 그만 언니, 알아 안다고....... 뭔 말을 못 하겠어."

어쨌거나 아랫동 아저씨가 가엾다는 생각이 들었다. 물론 아줌마도 나름대로 사정이야 있었겠지만 그 행동은 잘못되지 않았나 싶다. 그날 은숙이 아줌마는 저녁이 깊어질 때까지 남아서 끝도 없는 이야기 자루를 풀어 놓았고, 사가지고 온 소뼈를 솜씨 좋게 끓여 우려내 주었다. 엄마를 생각해주는 마음이 참 고마웠다.

다음 주부터 경란이와 함께 졸업 작품 준비에 들어갈 생각이었다. 나는 이미 무엇을 그릴지 생각해놓고 있었다. 큰아빠 장례식 마지막 날 본 모습이었다. 어떻게 표현할지 아직 확실한 가닥은 잡지 못했지만 마음속으로 좋은 작품으로 연결시킬 수 있지 않을까 하는 생각이 들었다. 경란이는 주왕산 주산저수지를 생각해두고 있는 듯했다. 몇 번을 가본 곳이기도 하고 눈 감고도 구석구석을 훤히 보고 있는 곳이기도 했다. 경란이가 그리는 작품 중에 가장 많은 비중을 차지하는 곳이기도 한 그곳은 물안개 피어오를 때가 제일인 곳이기도 했다.

자꾸만 침침해져 오는 눈이 염려되어 시간을 내어 경란이와 함께 안과를 찾아가기로 했다. 그냥 피곤해서 그럴 거라며 계속 미뤄 둔 것이 너무 오래돼버린 듯했다. 그냥 약이나 먹으면 되겠지 하고 생각했는데 경란과 함께 찾아간 안과에선 대학병원에 가보라고 했다. 뭐라고 했는데 난 그 말을 기억하고 싶지 않았다. 나보다 더 놀란 것은 경란이었다. 아무 말도 못하고 큰 눈에서 눈물만 흐르고 있었다. 온몸에 힘이 빠졌다. 이건 아니라고 고갯짓을 했다. 내가 왜? 아니야, 잘못된 것이라고 마음속으로 소리쳤다. 너무 억울했다.

망막색소변성.

고칠 수 없는 병인 이것은 시력을 잃는 것을 의미했다. 보지 못한다는 것....... 보지 못하는 사람이 된다는 것이었다. 그것은 그림을 그릴 수 없다는 것이었고 내 꿈을 잃는다는 것이었다. 내가 앞을 보지 못하게 된다고 했다.

경란과 만나 다시 대학병원을 찾았다. 순번을 기다리는 동안 속으로 아닐 거라고 계속 되뇌었다. 경란은 내 팔짱을 끼고는 붙어 앉아 애써 밝은 표정을 짓고 있었다. 하지만 난 경란의 얼굴만 봐도 마음이 어떠한지 알 수 있었다. 감정을 숨길 줄 모르는 순수한 영혼을 가진 친구, 나도 그런 경란을 보며 입가에 엷은 미소를 지어 보이며 말했다.

"너무 걱정하지 마. 아닐 거야."

하지만 경란의 눈에서 금방 굵은 눈물이 흘러내렸다.

"……"

"왜 울어? 누가 죽는대?"

나는 그런 경란의 머리를 감싸 안아주었다. 지나가는 사람들이 온통 희뿌옇게만 보였다. 한참을 울던 경란은 내 손을 이끌고 밖으로 나갔다. 그리고는 푸른 하늘을 보며 말했다.

"아영아, 하늘 좀 봐."

"……"

"아영아, 저기 단풍을 봐. 늦가을 단풍이야. 바람이 이렇게 찬대도 떨어지지 않았어."

"……"

"아영아, 저기 아이들을 좀 봐, 눈만 내밀고 모자 쓴 모습이 귀엽지 않니?"

"……"

내 눈에선 참았던 눈물이 흘렀고 애써 외면하던 경란도 하늘을 보며 소리쳤다.

"이 기집애야! 대답하란 말이야. 하늘이 보인다고, 늦가을 단풍이 보인다고, 아이들 모습이 귀엽다고, 그냥 응하고 대답만이라도 하란 말이야."

경란은 벤치에 앉은 나를 안고 울었다. 이런 친구의 얼굴을 볼 수 없다는 것은 너무 슬픈 일이었다. 우린 서로 눈물로 가득한 볼을 비비며 찬바람 속에서 한참을 앉아있었다.

검사를 마치고 복도에 앉아 기다리는 시간이 고통스럽기만 했다. 하지만 희망을 버리지는 않았다. 나에게 그런 병이 찾아올 리 없었다. 내가 왜? 무엇을 잘못했다고....... 방학 때마다 일하며 공부했는데....... 늘 1,2등을 했고 그림도 잘 그려 대상까지 받았는데....... 좋은 대학에 장학생으로 들어가 이제 졸업반인데.......

엄마의 얼굴이 떠올랐다. 만일 망막색소변성이라는 병으로 확진이 나온다면 엄마에게 어떻게 말해야 하나? 나만 보며 살아오신 엄만 어떻게 감당하실까?

또 초등학교 6학년 때 집을 나가신 아빠 얼굴이 떠올랐다. 늘 술에 취해 들어오시던 아빠, 하지만 한 번도 찾아오지 않으신 아빠, 그래 아빠 때문이야. 아빠가 있었으면 이렇게 되지 않았을지 몰라.

나의 머리는 이런저런 생각들로 혼란스러웠다. 이러다 죽을 것만 같았다.

병원을 다녀온 후 바깥 활동을 접고 며칠간 방 안에서만 있었다. 엄만 무슨 일 있냐며 자꾸 물어왔지만 난 그냥 피곤해서라고만 말하며 씩 웃어주었다.

나의 눈은 망막색소변성이 맞았다. 특별한 원인도 찾을 수 없고 치료방법도 없어 서서히 시력을 잃어가는 불치병이라고 했다. 얼마나 볼 수 있냐고 묻자 조금씩 차이가 있지만 병이 진행되기 시작하면 경우에 따라선 1년 안에 실명까지 이를 수도 있다고 했다. 그럼 나는 얼마를 볼 수 있다는 것일까? 6개월은 볼 수 있다는 것일까? 어쩌면 3개월도 못 볼지 모르겠다. 슬픔이 밀려왔다. 하지만 웃어야 했다. 운다고 달라지는 것은 없고 엄마의 마음을 아프게 할 수도 없는 일이었다.

　　병원을 다녀온 지 보름이 지났을 무렵 하루도 거르지 않고 전화를 하던 경란이 그날은 집으로 찾아왔다. 경란과 나는 약속을 했다. 무슨 일이 있어도 울지 않기로······. 그리고 엄마에게 당분간 비밀로 하기로 했다. 엄마가 현관문을 열어주자

　"안녕하세요? 엄마! 아영이는요?"

　하며 묻기가 무섭게 내 방으로 뛰어들어와서는 벽에 걸린 외투를 챙기고는 내 손을 잡고 이끌었다.

　"빨리 따라와, 보여줄 게 있어."

　"뭔데 그래? 말을 해야 알지."

　"가보면 알아"

　경란은 아무 말도 해주지 않고 막무가내로 내 손을 잡고 이끌었다. 소 장수에게 끌려가는 송아지마냥 경란의 손에 끌려가는 나를 보며 엄마가 그러셨다.

　"얘! 경란아, 우리 아영이 팔 빠져."

　아마 엄만 그 모습을 보며 행복한 미소를 지었으리라.

　우린 택시를 타고 경란의 아버지가 운영하는 학원 쪽으로 갔다. 택

시가 선 곳은 경란 아버지의 학원에서 50m쯤 떨어진 도로가 3층 건물 앞이었다. 택시에서 내리며 경란이 나를 향해 말했다.

"보이니?"

"뭐가?"

"1층 위에 걸린 간판."

"간판?"

간판보다 건물 앞에는 화환이 줄지어 서 있었다. 무슨 개업식 같았지만 간판의 글씨는 희미해 잘 보이지 않았다. 경란은 내 손을 이끌고 조금 더 가까이 다가서며 다시 손으로 가리키며 물었다.

"이제 보여?"

"......"

코끝이 시큰해지고 눈시울이 붉어졌다. 무슨 말을 할 수가 없었다.

"이거 아영이 너와 내 거야. 우리 학원이야. 네가 원장이야. 난 부원장 할게. 네가 나보다 공부도 잘했잖아. 그러니 네가 원장이야."

건물 안에서 경란의 아버지와 학원 강사분들이 걸어 나오며 출입문을 향해 비켜서 주었다. 경란과 함께 내 손을 잡고 건물 안으로 들어선 경란의 아버진 내 어깨를 두드리며 말씀하셨다.

"여기서 제일 크고 멋진 학원으로 만들어야 한다."

미술학원, 내가 하고 싶었던 미술학원이 꾸미고 싶어 했던 그대로 인테리어 되어져 내 눈앞에 있었다. 희뿌옇게 보였지만 그렇게 보이는 물건 하나하나가 무엇인지 알 수 있었다. 경란이라면 거기에 무엇을 준비했을지 알 수 있는 일이었고 경란이 역시 내가 원하는 것이 무엇인지 이미 다 알고 있는 친구였다. 학원의 이름은 내 이름을 딴 아영 미술학원이었다. 경란이 이끌고 들어선 원장실엔 예쁜 책상이 하나 있고 원장 전아영이라는 명패가 그 위에 놓여 있었다.

그리고 얼마 후 엄마가 학원 문을 열고 들어서고 있었다. 경란이 날 데리고 오는 동안 경란 아버지께서 전화를 했을 것이다. 엄마는 아무 말도 없이 다가와 내 볼을 잡고 가만히 보기만 했다. 내 눈을 뚫어져라 바라보던 엄마의 얼굴이 빨갛게 변하더니 눈물이 흘러내렸다. 울음을 참으려는 고통이 얼굴에 가득했다.

"아영아, 내 딸 아영이 원장 선생님 됐네. 돈도 많이 벌고 엄마랑 푸른 하늘 보며 오래오래 사는 일만 남았네."

엄마가 알게 되었다. 윤리 선생님처럼 윤리의식이 강하신 엄마가 경란 아버지의 전화에 아무런 확인 없이 네 고맙습니다, 하며 택시를 타고 올 리 없었다. 분명히 왜 그러죠? 경란 아버지께서 왜 우리 아영이에게 학원을 열어주시는 거죠? 하며 대답을 들을 때까지 물었을 것이다. 그것이 엄마였다. 이유 없이 누군가에게서 10원도 받지 않는 분이 엄마였다. 엄마를 위해서라도 나는 힘을 더 내야 했다. 더 열심히 운동도 하고 병원을 찾아 치료도 받고 몸에 좋은 음식도 많이 먹고 그렇게 해야 했다. 하루라도 더 엄마 얼굴 볼 수 있다면 그것만으로도 위안이 될 일이었다.

엄마는 여기저기 수소문하여 눈에 좋다는 것들을 구해오기 시작했다. 당근, 감자, 블루베리, 연어, 결명자, 전복, 장어 등에서부터 한의원에서 감국 등의 약재를 이용해 만든 조제약도 사서 끓여주기도 했다. 또 집안도 그린 계통의 천연벽지로 모두 바꾸었고 바닥도 한지로 만든 장판으로 교체를 했다. 하루에도 몇 번씩 내가 없는 낮 동안 차가운 바람을 맞아가며 창문을 열어 환기를 시켰고 수술할 수 있는 방법은 없는지, 우리나라가 안 되면 미국 같은 선진국에선 가능하지 않는지 유명 병원에 전화를 하여 묻기를 반복했다. 하지만 그럴 때마다 들었던 말은 치료방법에 대해 연구 중이지만 아직 방법이 없다는 것과 진행 속도를 늦춰주는 약물치료가 전부라는 것이었다. 그래도 엄만 분명히 어딘가엔 치료가 가능한 곳이 있을 거라고 믿고 있었다. 하지만 그 모든 노력과 방법들도 시력의 저하를 막지는 못하고 있었다.

학원은 경란 아버지의 도움으로 첫날부터 학생들이 줄을 섰다. 또 서양화를 전공한 선생님과 디자인학과 나오신 선생님도 더 모셨다. 나는 일대일로 아이들을 가르쳐 주진 못했다. 그것은 경란이 맡아서 해주었고 나는 그저 뒤에서 도움을 주는 일과 학부모 면담 등의 일을 맡아 하게 되었다. 하고 싶었던 일을 한다는 것은 즐거운 일이었다. 그러나 이 학원은 잠시 몸담고 있다가 때가 되면 떠나야 할 곳이었다. 내 눈이 완전히 실명되고 나면 어차피 경란이 책임지고 이끌어 나가야 할 일이었다. 그때 가면 난 무엇을 할 수 있을까? 앞 못 보는 선생이 필요하기는 한 것일까? 나는 그런 생각에서 벗어나지를 못했다.

졸업 작품도 경란의 도움을 받아 완성을 했고 1박 2일간 서해바다를 둘이서 다녀오기도 했다. 그렇게 겨울을 넘기고 경란과 난 무사히 대학을 마쳤다. 원생은 벌써 100명이 넘었다. 여섯 타임으로 운영하고 있지만 한 시간에 교사 한 명이 5, 6명을 책임지고 있었다. 더 많은 학생이 입학한다면 선생님도 더 모셔야 할 일이었다. 아이들을 집으로 태워주는 최씨 아저씬 배불뚝이에 마음이 참 좋은 분이었다. 서른둘이라는 아저씬 항상 싱글벙글 웃는 얼굴이었고 웬일인지 차량 운행시간에 시간이 될 땐 자진해서 경란이 동승을 하곤 했다. 본래 그 일은 디자인학과 선생님의 몫이었다. 최씨 아저씨를 대하는 경란의 표정이 밝은 이유는 나중에 경란의 입을 통해 알게 되었다.

도로가 개나리 나무에선 노란 꽃이 고개를 내밀고 있었다. 이제 곧 진달래도 꽃을 피울 것이다. 봄이 되면 가장 먼저 난 벚꽃이 생각나곤했다. 진해에서 본 벚꽃축제는 참 인상적인 광경이었다. 눈처럼 하얀 벚꽃이 하늘을 채우고 그 아래엔 밝은 표정의 사람들이 가득했다. 멋진 해군 의장대 아저씨들의 시범은 탄성을 자아내기에 충분했다. 큰 키에 하얀 제복을 입고 특이한 구호에 맞춰 일사분란하게 움직이는 모습들, 마치 로봇 같다는 생각마저 들었었다. 저렇게 하기 위해서 얼마나 고생했을까 하는 생각이 들게 했던 시범은 그후 다시 보지 못했다.

할머니가 사시던 아빠의 고향엔 배나무가 많았다. 5월경이면 그 나무에서도 벚꽃처럼 하얀 꽃이 피어났었다. 어릴 적 기억이지만 배나무 아래 심어놓았던 상추의 풋풋한 냄새를 오래도록 잊지 못했다. 이상스럽게도 봄만 되는 찾아드는 묘한 매력을 지닌 냄새였다. 그렇게 가슴에 각인된 모습들은 눈을 감아도 선명하게 머릿속을 채운다. 또 살면서 만났던 사람들의 얼굴도 마치 내 앞에 있는 듯 그대로 떠오른다. 어릴 적 친구들은 모두 그때 그 모습으로 남아있고 이제 내 눈이 멀어져 더 이상 보지 못한다면 엄마의 얼굴도 경란의 얼굴도 지금 여기서 멈춰 기억될 것이다. 마음에 곱게 간직하고 살 수 있다면 그만으로도 의미있는 일은 아닐지.......

희뿌옇게 보이는 도로가 개나리꽃이 손에 잡힐 듯 가깝다. 하얀 눈을 다시 볼 수 있다면....... 아니 빨갛게 익은 감나무의 홍시를 다시 볼 수 있다면....... 그것도 과한 욕심이라면 여름날 쏟아지는 소나기만이라도 다시 볼 수 있다면 좋겠다. 나에게 그것을 허락해 줄지....... 내 머릿속에 기억되는 그 무엇인가처럼 나도 사람들의 가슴에 그렇게 기억되고 싶었다. 하지만 그림을 더 그릴 수 없게 될지도 모른다는 생각이 너무 힘들게 했다. 볼 수 없는데 어떻게 종이 위에 그림을 그릴 수 있을까? 조각처럼 손으로 만져 느낌이라도 알 수 있다면 그나마 낳겠지만 동양화는 평면 위에 선으로 사물을 표현하는 것이다.

사물에 따라 종이 재질도 달라지고 먹의 퍼짐도 달라지는데 보지 않고 그림을 그린다는 것은 불가능에 가까운 일이었다. 내 마음의 종이 위에 그림을 그린다면 기억 속의 아름다웠던 일들을 그대로 옮겨도 보겠지만 현실은 그렇지가 못했다.

그래 억울했다. 지금까지 해왔던 것이 억울하고 내 꿈을 접어야 한다는 것이 억울했다. 아무것도 하지 못하는 어린 아이마냥 누군가의 도움을 받으며 살아야 할지도 모른다는 생각이 너무 가슴을 아프게 했다.

파란 하늘과 흰 구름이 경계도 없이 뿌옇게만 보인다. 이제 나는 교정 안경을 쓰고도 버스를 타지 못한다. 출퇴근 시간마다 엄마가 함께 동행을 했고 아주 가까이에 얼굴을 가져가서야 어렴풋이 얼굴을 구분해낼 수 있었다. 틈만 나면 나는 엄마의 얼굴을 손으로 만졌다. 느낌을 기억해두고 싶었다. 눈 코 입의 생김새며 오른쪽 왼쪽이 다른 엄마 가슴, 팔뚝에 있는 화상 자국과 오른발 복사뼈 뒤쪽에 있는 쌀알만 한 티눈까지, 그렇게 엄마의 하나하나를 손끝으로 새기다 보면 어느새 엄마도 내 얼굴을 만지고 있었다. 나만 보며 살아오신 가엾은 엄마, 언제까지나 예쁜 모습 그대로 영원히 내 가슴에 남아 있을 것이다.

경란이 최씨 아저씨를 좋아한다고 나에게 고백하던 날 나는 엄마와 버스를 타고 집으로 향하는 중이었다. 경란은 가을쯤에 결혼을 할 거라고 했다. 자기가 먼저 최씨 아저씨에게 뽀뽀를 했다는 이야기도 수줍은 듯 얼굴을 붉히며 말해주었다. 나에게 경란과 같은 친구가 있다는 것은 너무 큰 축복이었다.

아파트 앞 승강장에 버스가 멈춰 설 무렵 엄마 핸드폰으로 한 통의 전화가 걸려왔다. 엄만 내 손을 잡고 버스에서 내려서며 전화를 받았는데 버스가 떠나갈 때까지 굳어버린 사람처럼 꼼짝도 않고 있었다. 어느 종교단체 요양원 관계자로부터 걸려온 전화였다. 첨엔 아무 말도 해주지 않았었다. 그러나 자꾸 뭐냐고 묻는 나의 재촉에 이야길 해주는 엄마의 목소리는 떨리고 있었다. 아빠가 위독하다는 것이었다.

정신병원에 있던 아빤 기적적으로 살아나 요양원으로 옮겨졌다. 아빠에겐 신분증도 없었고 집이 어딘지도 말하지 못하는 상태였다. 요양원 관계자의 말에 의하면 조금씩 걷기도 하고 옆 사람과 짧은 대화도 이따금 나누긴 했지만 자신이 누구인지 어디서 왔는지에 대해선 굳게 입을 닫은 채 그저 파란 하늘만 쳐다볼 뿐이었다고 했다. 그러던 아빠가 오늘 아침 눈을 뜨며 내 이름을 불렀다고 했다.

"아영이, 내 딸 아영이......"

아빠가 집을 찾고 있었다.

스스로 떠난 지 10년 만에 3개월밖에 살지 못하는 시한부 말기 간암 환자가 되어 나를 찾고 있었다.

눈으로 보아야 하나요?

마음으로 새겨야 하나요?

가슴을 때려도 되나요?

손을 잡아줘야 하나요?

나는 맹인이 되고

아빤 곧 죽는답니다.

며칠 후 처음 있던 곳으로 아빠가 돌아왔다. 구급차에 실려 온 아
빤 걷는 것조차 힘겨워하셨다. 하지만 내 눈엔 아빠의 모습이 잘 보
이지 않았다. 나는 아빠 앞으로 다가가지도 않았고, 어릴 때처럼 "아
빠, 안녕!" 하며 반갑게 인사도 하지 않았다. 과자 하나를 놓고도 나
와 싸우고 나만 보면 "우째 이리 예뻐!" 하며 웃으시던 아빤 시한부
삶을 판정받고서야 내 앞에 나타나셨다.

아빠와 난 한참이나 말없이 그 자리에 서 있었다. 아빤 내 이름을
부르지 못했고 다가와 손을 잡지도 못했다. 당신보다 키가 더 커버린
아이 앞에서 고개도 들지 못한 채 서 있을 뿐이었다. 엄만 말없이 아
빠를 부축해 내 옆을 스치며 지나갔다. 그리고 그때 나는 아주 어렴
풋이 보았다. 하얀 백발이 되어버린 아빠의 머리와 구부정하게 휘어
버린 허리를....... 그것이 10년 만에 다시 본 아빠의 모습이었다.

며칠 동안 집 안에선 인기척을 느낄 수 없었다. 아빠 방에서 꼼짝하지 않으셨고 나는 아침에 출근해서 저녁이 되어야 집으로 돌아왔다. 바빠진 건 엄마였다. 내 눈에 좋다는 음식과 간암에 좋다는 음식을 따로 준비해야 했기 때문이었다. 물론 아빠 죽처럼 넘기기 쉬운 것 밖에는 먹지를 못했다. 채소류도 갈아서 즙을 만들어야 조금씩 넘길 수 있었다. 자리에 앉아 있지도 못했고 때로는 고통을 참지 못해 새어 나오는 신음소리가 희미하게 들리기도 했다. 무슨 말이라도 해야 할 것 같았는데 용기가 나지 않았다. 아빠에 대한 원망과 점점 어두워지는 내 눈에 대한 절망감에 힘이 들었다. 아빠를 가족으로 받아들이는 데는 그렇게 일주일 정도의 시간이 지나고 나서였다.

저녁을 먹고 난 후 안방 문을 열고 나오는 엄마의 인기척 소리를 들었다. 이제 나는 보는 것 보다 듣는 것에 점점 익숙해지고 있었다. 엄마에게 말을 했다. 그것은 처음으로 아빠에 대한 말이었다.

"아빠, 죽 다 먹었어?"

그러자 엄만 엷은 미소를 짓더니 말했다.

"다는 아니고....... 한번 얘기해볼래?"

또 잠시 망설이다가 고개를 끄덕였다.

나는 엄마의 손을 잡고 들어가 아빠 앞에 앉았다. 뿌연 아빠의 머리가 흐릿하게 보였다. 아빠도 분명 나를 보고 있을 것이었다. 하지만 내 눈엔 아빠의 눈이 보이지 않았다.

"아파?"

"……"

아빠는 말이 없었다. 그래서 다시 물었다.

"많이 아파?"

나는 손을 더듬어 아빠의 손을 찾았다.

"아빠……."

10년 만에 불러보는 이름이었다. 단 한 번도 나타나지 않으셨던 아빠, 뒤꿈치를 들고 걷는 나를 보고 아래층으로 내려가 싸우시던 나의 아빠를 그렇게 10년이 지나서야 부르고 있었다.

"아빠!"

다시 한번 아빠를 좀 더 크게 부르자 아빠의 흐느낌 소리가 들렸다. 그리고 내 손을 잡는 아빠의 손길이 느껴졌다. 거칠고 메마른 손이었지만 예전처럼 그 손엔 따뜻한 온기가 느껴졌다. 아빠는 아무 말도 하지 않았다. 내 이름을 부르지도 않았고 미안하다는 말도 하지 않았다. 두 손으로 내 볼을 감싸 쥐고는 내 얼굴 가까이에 얼굴을 대고는 말없이 그렇게 바라보기만 하셨다. 그리고 아빠가 나에게 말했다. 아영이라는 이름도 아닌, 많이 컸구나! 라는 말도 아닌, 10년 만에 나타나 아빠가 나에게 한 말은 내가 안 보이니? 라는 것이었다.

"내가 안 보이니? 이래 가까이 있는데 아빠 안 보이니?"

순간 내 눈에서 눈물이 왈칵 흘러내렸다. 나는 어릴 적 아영이로 돌아가 아빠 품에 안겨 소리 내어 울었다. 왜 진작 오지 않았냐는 말도 이렇게 되도록 뭐했냐는 말도 하지 않았다. 그저 아빠의 말라버린 얼굴을 두 손으로 잡고 한참을 울었을 뿐이었다.

"많이 아파?"

"하나도 안 아파....... 아프지는 않니?"

"나도 안 아파. 아빤 아프지?"

우린 모두 서로를 용서하고 받아들이기로 했다.

그림을 그릴 수 없을지 모른다는 두려움과 꿈을 접어야 할지도 모르는 현실에 가슴이 아팠듯이 아빠도 그랬을 것이다. 그래도 나는 살 수는 있지만 아빤 3개월도 살지 못하는데 용서하지 못할 일이 뭐가 있을까?

남은 삶 집에서 보내고 싶어 찾아온 아빠가 삶에 대한 희망이 생겨서일까 다음 날 아침 엄마에게 병원에 가자고 했다. 항암치료도 방사선 치료도 씩씩하게 받으며 이겨낼 테니까 큰 병원으로 가자고, 이왕이면 대학병원에 데려다 달라고 말했다. 엄만 아빠를 내 눈 검사를 한 대학병원으로 모셨고 아빠에겐 간병인을 한 분 해드려 수발을 돕게 했다. 그 병원이 이 일대에선 제일 유명한 병원이었다.

매일 난 일찍 퇴근하여 엄마와 함께 아빠를 찾았다. 아빠가 제일 좋아하는 것은 창문으로 들어오는 아침 햇살을 보는 것이었다. 우리가 문병할 시간이 되면 간병인 아줌마를 보채어 침대를 세우고는 비스듬히 앉아 기다리고 계셨다. 그러면서 내 모습이 보이면

"아영이 왔어? 아빠 딸 아영이....... 아영이 왔네."

하며 그간 불러보지 못한 것을 다 불러보기라도 하듯 그렇게 내 이

름을 부르고 계셨다. 나와 떨어져 있는 그 시간 동안 어떻게 내 이름을 부르지 않을 수 있었을까? 침대를 더듬으며 곁으로 다가가 앉으면 아빠 늘 두 손으로 내 볼과 손을 꼭 만져 주었다. 따뜻한 날씨였지만 혹여 바깥바람이 차진 않을까 하는 염려에 두 손을 엉덩이 밑에 넣고는 나를 기다린다고 간병인 아줌마가 얘기해주었다.

"불편한 거는?"

"없어. 아줌마가 잘 해줘."

"안 넘어가도 주는 거 다 먹어."

"그럼. 누구 말이라고....... 너도 약 잘 먹고 있지?"

"당연하지. 그러니까 염려 마 아빠."

엄마와 아빠가 몰라보게 다정해진 것이 너무 기뻤다. 엄만 당신을 이해해주지 못해 진심으로 미안하다고 사과했고 아빠도 엄마를 감싸주지 못해 미안하다고 진심으로 사과를 했다. 그래서 아빠의 한 손은 내 차지가 되었고 반대쪽 손은 엄마의 차지가 되었다. 또 남은 나와 엄마의 손을 잡으면 우린 가족이 되었다.

아빠의 건강은 점점 악화되어갔지만 아빤 굳은 의지로 버티고 계셨다. 하지만 의사 선생님은 마음의 준비를 조금씩 하는 게 좋을 거라는 말씀을 하셨다.

나의 눈은 이제 그 기능을 거의 상실했다. 여름 소나기라도 보게 해달라고 했는데 하늘은 그것마저 허락지 않는 것 같았다.

경란이 원장실로 들어오며 내 옆에 앉았다. 나는 그런 경란의 손을 잡고 다정하게 말했다.

"행복하지?"

경란이 대답했다.

"너와 그림을 함께 그릴 수 있다면 더 행복할 거야."

내가 말했다.

"내가 그림을 못 그릴 거라 생각하니?"

경란이 다급하게 말을 이었다.

"아니야, 그런 게 아니야. 너도 알잖아."

다시 내가 말했다.

"내 마음속엔 그려야 할 것이 너무 많아 산, 강, 바위, 하늘, 새, 물고기 또 살아가는 사람들 모습 그리고 엄마와 아빠....... 우리집....... 물론 너도."

"........"

"내 마음에 있는 그림을 네가 그려줘. 너는 내 맘 아니까 그려줄 수 있잖아."

나의 말엔 힘이 없었다. 그러자 경란이 자리에서 일어서며 큰 소리로 말했다.

"내가 왜? 너 그림은 너가 직접 그려. 알아!"

경란이 나를 얼마나 걱정하고 있는지 아침마다 책상 위에 질 좋은 종이 하나를 올려놓고 벼루에 먹을 갈아 놓고 있다는 것도 알고 있었다. 경란은 내가 희망의 끈을 놓지 않길 간절히 바라고 있었다. 그것이 우리의 우정이었다.

최씨 아저씬 엄마와 나를 태우러 집까지 오기 시작했다. 버스 타면 된다고 거듭 말했지만 경란한테 혼나니 살려달라며 너스레를 떨기도 했다. 두 사람의 결혼식 때 난 부케를 받기로 했고 경란은 나에게 자기에게 편지를 써서 읽어달라고 했다. 아무 일 없었던 것처럼 내 시력이 돌아와 경란의 결혼식을 두 눈으로 볼 수 있다면 좋겠지만 나는 완전한 맹인이 되어 지팡이를 짚고 서 있게 될 것이다. 그러나 아무렴은 어떨까? 나에게는 두 사람만 행복하면 되었다.

학원은 얼마 후 그만두리라 생각했다. 내가 할 수 있는 일은 전화 받는 정도의 일에 불과했다. 학부모 면담도 경란이 대신해야 했고 회계처리도 경란이 했다. 나로 인해 경란에게 너무 많은 부분을 희생하게 했다. 사람은 떠날 때를 알아야 한다고 했다. 그래야만이 아름다운 관계가 오래 유지될 수 있다는 그 말이 난 참 좋았었다.

아빠가 돌아온 지도 두 달이 넘었다. 하루에도 몇 번씩 혼수상태에 빠지기도 하지만 정신이 돌아올 땐 또렷하게 사람을 알아보고 얘기를 했다. 낮으로는 엄마가 직접 아빠 곁을 지키셨고 최씨 아저씨의 도움으로 내가 병원에 갔을 때에야 엄만 나와 함께 집으로 돌아왔다.

며칠이 지난 어느 날 오후 창문에 기대어 앉아 대추나무 이파리를 울리고 가는 바람 소리를 듣고 있었다. 등으로 전해지는 햇살이 무척이나 따스했다. 마치 소나기 내린 다음 쨍쨍 내리쬐는 햇살마냥 온몸까지 전해지는 따스함이었다. 벚꽃은 지고 없겠지만 산과 들은 푸르름으로 가득할 것이다. 눈부시도록 하얀 찔레꽃도 언덕 한편에 서서 바람을 기다리는 민들레도 또 무덤가에 잘 핀다는 할미꽃도 올핸 보지 못하고 봄을 보냈다. 아주 어릴 적 아빠 등에 업히어 냉이 캐던 일이 떠올랐다. 아빤 햇볕 잘 뜨는 논두렁 한 곳에 큰 광주리를 내려놓고는 그 안에 나를 내려놓았었다. 아빤 호미를 가지고 부지런히 냉이며 달래를 캐고 계셨지만 그때 나는 아빠보단 아래 논두렁에 핀 노란 풀꽃 위로 날아와 팔랑대던 하얀 나비 한 쌍에 마음이 사로잡혀 있었다. 결국 나는 나비를 향해 몸을 움직이다가 광주리째 굴러 아래 논으로 첨벙하고 말았다. 헐레벌떡 뛰어와 나를 보던 아빤 울고 있는 나와 달리 웃기만 했었다. 나중에 들은 이야기로는 광주리를 쓰고 새까맣게 된 내 머리 위로 그 나비가 팔랑대고 있었다는 것이다. 여울목에서 까맣게 된 나를 씻기고는 무릎 위에 앉혀서 해바라기 시키시던 아빠....... 입가에 씩하고 미소가 번져왔다.

창밖에서 매미의 울음소리가 들렸다. 그리고 전화벨이 울렸다.

따르릉! 따르릉!

"여보세요?"

수화기에선 상냥한 목소리의 여자 음성이 들려왔다.

"전아영 씨 댁인가요?"

"네 제가 전아영입니다."

그 사람은 나를 찾고 있었다. 매미의 울음소리가 합주곡이 되어있었다.

"여기 한강 대학병원입니다."

"네....... 근데 무슨 일이신지......."

"보호자 분 계신가요?"

"엄마는 지금 시장에 가셨는데요."

나는 떨려오는 가슴을 애써 진정하고 있었다. 아빠에게 무슨 일이 생긴 것만 같았다. 하지만 이어진 이야기는 아빠와 관련된 것이 아니라 엄마가 안구 이식 희망신청을 했는데 맞는 기증자가 나타나서 전화를 했다는 것이었다.

엄만 그런 말을 꺼낸 적이 없었다. 혹시 모르는 실망감에 마음 다치지 않을까 하는 염려에 그랬을 테지만 나 역시 가능성 없는 것에 희망을 걸고 싶지는 않았었다. 그런데 뜻하지 않은 일이 마치 영화에서나 나올 법한 일이 나에게 일어난 것이었다. 너무 뜻밖이라 그렇다고 엄마 오면 얘기 나누고 전화하겠다고 말한 후 수화기를 내렸다.

기증을 받으면 사물을 다시 볼 수 있다는 것인데 하늘에 감사하고 싶었다. 억울하다고 원망했던 마음들이 눈 녹듯 사라지며 희망이 생기기 시작했다. 그것은 새 생명을 찾은 것 같은 기분이었다. 마트에서 돌아오신 엄만 나보다 더 기뻐하셨다. 이제 됐다며 반드시 있을 거란 믿음을 갖고 신청을 했었는데 하늘이 도왔다며 그렇게 기뻐하셨다. 급기야 나를 안고 한참이나 눈물을 흘리셨다.

나는 이 기쁜 소식을 경란에게 전화해 알렸다. 그리고 엄마와 함께 병원으로 가서 아빠에게도 알릴 것이다. 얼마나 좋아하실까? 내 눈으로 아빠를 보고 싶었다.

그날 엄만 내 손을 잡고 병원을 찾아 바로 입원 수속을 밟았다. 수술은 추가 검사가 있어야 했고 몇 가지 조건이 맞아야 했기에 약간의 시간이 걸린다고 했다.

그쯤은 상관없는 일이었다. 평생 보지 못하고 살 거라 생각했는데 얼마간의 기다림 쯤은 아무것도 아니었다.

아빠와 같은 병원에 입원한 나는 엄마의 도움으로 식사 때를 제외하곤 아빠 병실에 가 있었다. 그 무렵 아빤 의식을 잃고 있는 시간이 더 많았다. 소변도 나오지 않았고 팔도 움직이지 못했다. 그저 간신히 숨만 쉬고 있을 뿐이었다. 엄만 말해주지 않았지만 그때 이미 아빠에겐 모르핀이 투여되고 있는 상태였다.

입원 3일째 되던 날 아빠의 손에서 움직임이 느껴졌다. 참 오랜만에 아빠의 의식이 돌아온 것이었다.

"아빠, 나야 아영이....... 정신 들어?"

하지만 아빤 아무 말도 하지 못하고 잡힌 손끝만 힘없이 다시 움직였을 뿐이었다. 난 그런 아빠의 손을 잡고 내 볼에 가져다 대었다. 그리고 이야기해주었다.

"아빠 나 수술해. 수술하면 아빠 얼굴 볼 수 있대. 그럼 아빠 얼굴 그려줄 수도 있어. 그러니까 아빠 참고 기다려야 해. 알지?"

"......"

"만일 안 그러면 옛날처럼 꿀밤 할지 몰라. 아빠 밉다고 할 테니까. 같이 안 논다고 할 테니까. 꼭 힘내야 해, 아빠!"

아빠의 얼굴을 두 손으로 감싸 안았다. 뼈만 앙상한 아빠의 얼굴, 아빠의 눈에서 흘러내리는 눈물이 내 손에 전해졌다. 내 목소리를 듣고 있는 것이었다. 엄마는 뒤에서 나를 안고 내 등에 얼굴을 묻었다.

"올 거면 좀 일찍 오지. 아프지 말고 오지. 수술받을 나에게 잘 하고 오라고 말해줘야지. 안 그래 아빠?"

".........."

"나랑 푸른 하늘 은하수 노래하며 손바닥 율동놀이 해야지. 옛날에 못 놀아주었으니 지금이라도 해줘야 할 거 아니야. 내 엉덩이 예쁘다고 깨물어도 줘야지. 내 입 냄새 좋다며 코 가져다 대고 하 해보라고 해야지. 목마도 태워주고 회전목마도 태워줘야 할 거 아니야."

".........."

"아빤 조금밖에 못해줬잖아. 아빠 때문에 방학 때 놀지 못 하고 일만 했어. 근데 이게 뭐야? 왜 아무 말도 못하고 누워만 있어? 아빠........ 아빠!"

".........."

"술주정 부려도 좋으니 제발 벌떡 하고 일어나봐. 평생 안 보고 살아도 좋으니 빨리 일어나보란 말이야! 아빠! 내 아빠! 아영이 아빠!"

나는 아빠를 소리쳐 불렀다. 목소리에 놀라서라도 깜짝하고 깨어나라고 나의 아빠, 하고 소리쳤다. 하지만 아빤 아무 말도 못하고 내

가슴에 안겨만 있었다.

"숨소리 듣는다며 내 가슴에 귀 대곤 했잖아. 아영이 숨 쉬네 하며
좋아했잖아. 들려 아빠? 내 숨소리 들려? 제발 아빠, 일어나 봐! 제
발......"

간호사들이 들어와 등을 두드리며 나를 떼어 놓았다. 흐느끼는 엄
마의 울음소리가 들렸다. 나는 아빠가 오늘을 넘기지 못하고 죽을 것
만 같았다. 내 수술이 끝나기 전에 꼭 죽을 것만 같았다.

너무도 더딘 시간이었다. 엄마는 그날 저녁 오래도록 아빠 곁에서
오지 않았다. 나에게 일어난 기적처럼 아빠에게도 같은 기적이 일어
나길 기도하고 또 기도했다.

꿈을 꾸었다. 예닐곱 살 된 내가 놀이공원에서 아빠 어깨에 목마를
타고 있었다. 사람들이 모두 내 아래 있었고 아빤 뛰다가 걷고 또 돌
아서서 인사하며 싱글벙글 웃고 있었다. 그런 나에게

"아영아, 배 안 고파?"

하며 묻는 엄마의 부드러운 목소리가 들렸다. 빙글빙글 돌아가는
회전목마 놀이기구에서 엄마와 아빤 서로 자기가 나를 안고 타겠다
며 티격태격하고 있었다. 하지만 내 눈엔 돌아가는 회전목마가 더 신
기할 뿐이었다.

작은 바퀴의 굴림소리가 어렴풋이 들렸다. 사람들의 가쁜 숨소리

가 들렸고 갑자기 밝아지는 전등빛이 느껴졌다.

쩍깍쩍깍

나는 꿈을 꾸었다.

저 멀리에서 아빠가 나를 향해 뛰어오고 있었다. 주정뱅이도 목수도 아닌 또 간암 말기 환자도 아닌 박꽃처럼 환한 미소 머금은 아빠가 내 이름을 부르며 뛰어오고 있었다.

엄마의 목소리가 들렸다.

"이....... 아영이 똥 쌌어. 아이고, 많이도 쌌어요."

하며 내가 싼 똥을 코에 대고 냄새를 맡고 있었다.

"여보, 아영이 목욕시켜요."

따뜻한 욕조에 앉아 꾸벅꾸벅 조는 나를 보는 엄마의 얼굴이 예쁘다.

아빠는 작은 방 벽에 나무와 언덕을 그리고 있었고 나무에는 과일도 빠뜨리지 않았다. 콧노래를 흥을 그리며 엉덩이를 실룩실룩하는 아빠의 미소가 또 예쁘다.

그래 이럴 때가 있었어.

네 살 된 나와 뜀박질 하면서도

하며 내 손을 들어주며 또 웃는 웃음소리가 들린다.

"아영이 나 닮았어요."

"무슨 소리....... 보고도 몰라요. 나랑 똑같잖아요. 붕어빵이네."

'엄마....... 아빠....... 나에게도 이런 때가 있었네.'

"환자분! 보이세요? 눈 떠 보세요. 보이세요?"

하얀 옷 입은 아빠가 아침 햇살 내리쬐는 언덕 위 나무 아래에서 손을 흔들고 있었다.

'아빠 왜 거기 있어. 어서 내려와. 나랑 달리기해.'

아빠를 향해 뛰어가는 엄마가 보이고 아빤 엄마에게 오지 말라고 손짓하고 있다.

"아영아......."

내 눈앞에 붉게 충혈된 엄마의 눈이 보였다.

'엄마, 아빠가 흰옷 입고 있었어. 날 보고 웃었어.'

흰 가운 입은 의사 선생님이 있었다. 창 밑에선 증기를 뿜어내는 가습기가 있고, 어항 속의 물고긴 구피와 지브라 그리고 수마트라였다.

내가 앞을 보게 되었다. 시간이 지날수록 시야는 더 선명해질 것이다.

아빠가 위험한 고비를 넘겼다고 했다. 엄만 매일 아빠에게 한참씩 면회를 다녀오곤 했다. 나도 보름이 지나면 아빠가 계시다는 호스피스 병동을 찾아 면회를 가게 될 것이다. 붉게 충혈되었던 눈도 점점 맑게 변해갔고 거울 속에 비친 눈동자가 전혀 낯설지 않았다. 따뜻한 미소가 풍기는 착한 눈동자였다.

저 멀리 보이는 산이 푸르름으로 가득했다. 하늘엔 하얀 뭉게구름이 평화롭게 떠 있고 병원 앞 나무 위로 하얀 나비 한 쌍이 날아온 날, 그날은 나의 치료가 끝나 아빠를 만나 기쁜 소식 전해주는 날이었다. 너무도 긴 시간이었다. 헤어져 있던 10년보다도 더 길고 초조했던 시간, 아빠가 얼마나 좋아하실까? 보자마자 이렇게 물을 것이다.

"아빠 보여?"

그럼 나는

"아니 안 보여."

하며 장난을 치겠지. 그것도 모르는 아빠는 심각한 얼굴을 하고는 엄마에게 물으실 것이다.

"아영이 수술 잘 되었다고 했잖아요!"

그러면서 잔뜩 겁먹은 표정으로 내 눈 가까이까지 다가와서는

"하나도 안 보이니?"

하며 울먹일 것이다.

한 번 더 안 보인다고 할까? 그랬다간 아빤 정말 소리 내어 울지도 모르는데....... 그냥 잘 보인다고 할까? 아님 다가선 아빠 입에 쪽 하고 뽀뽀를 할까? 내가 장난친 것이란 걸 알게 되면 아마도 아빤 너무 기뻐 병상에서 일어나 춤을 추실지도 모른다.

나의 아빠니까.

내 딸이 시력을 찾았다고, 내 딸이 앞을 보게 되었다고 병실 안을 뛰어다니며 춤을 추실지 모른다.

내 아빠, 아영이 아빠니까. 1층 아저씨와 싸워 이긴 나의 아빠니까.

하지만 엄만 호스피스 병동 쪽으로 발걸음을 옮기지 않으셨다. 나의 팔을 억세게 잡고 출입문을 향했다. 나는 온몸으로 엄마를 뿌리치고 아빠가 계신 곳을 향해 걸어갔다. 내 눈에 웃고 있는 아빠가 보인다. 활짝 웃는 아빠가 나를 향해 손짓을 하고 있다. 하지만 사람들은 모두 나를 붙잡고 당기었다. 놔달라고 애원해도 아무도 들어주는 이가 없었다.

울다 지친 나는 구급차에 태워져 집으로 옮겨졌고 엄만 내 손에 손바닥만 한 막사발 하나를 쥐어주며 눈물을 흘렸다. 그릇 밑면에 새겨진 아영이라는 내 이름....... 그것은 동양화를 전공하며 보아온 그 어떤 자기보다 멋지고 아름다운 것이었다. 아빠가 남기곤 간 유일한 작품이고 눈물이고 아픔이었다. 엄마의 입출통장에 남아있는 아빠의 이름과 나를 위해 모아둔 그 돈의 지출이 아까워 항암치료도 한번밖에 받지 않았던 아빠.......

나의 딸 아영아.
넌 언젠가 그런 말을 했었어.
동화 속 왕자님은 어떻게 나와 하고.......

왜 묻냐고 물어보자 책 속에서 왕자님이 나오면 계단에 가서 신발 한 짝을 벗어놓으려 한다는 거였어. 그때 넌 신데렐라를 읽고 있었거든.

또 한 번은 생쥐를 괴롭히는 고양이 그림을 보고는 그림을 거꾸로 해서 흔들고 있었다. 그리고 또 뭐라 했는지 아니?

"엄마, 고양이가 생쥐를 안 놔! 어떻게 해?"

너는 참 묘한 매력을 가진 아이였어. 너만 보면 없던 힘도 생기고 누워 있다가도 입가에 미소를 번지게 하는 요술쟁이와도 같은 아이였으니까.

너의 엉덩일 깨물고 옷을 걷어 배에 입을 대고 푸하면 넌 깔깔대며 웃다가 금방 인상을 쓰고는 이렇게 말하곤 했어.

"내가 뭐 아빠 장난감이야? 내 주먹맛을 보여줘야겠군."

하며 아빠를 쫓아오곤 했다.

이야~~~ 이야~~~ 하며 말이야.

그런 너를 보지 못한지 몇 년인지....... 10년이 다 되었구나.

아영아.

너를 지켜주지 못해 미안해.

너에게서 아빠의 자리를 마음대로 앗아가서 미안해.

10년이란 시간이 지나서야 아빠가 깨달은 건 가정의 행복보다 더 소중한 것은 세상 어디에도 없다는 거야. 사랑하는 사람이 없는데 꿈을 이룬들 무슨 의미가 있을까?

사랑에도 책임이 있다는 것을, 사랑하기에도 짧은 것이 인생이라는 걸 아빠 이렇게도 늦게야 깨우치게 되는구나!

아름다운 사랑을 할 수 있을 것 같은데 아빠에게 남은 시간이 많지가 않아.

너를 떠나 있는 동안 단 하루도 편히 자본 적이 없어.

이불도 없이 방구석에 웅크리고 누워, 눈을 뜨고 가위에 눌리는 고통의 시간이었단다. 너에게 돌아가 너와 함께 하며 너의 그늘이 되어주고 싶었지만, 지은 죄 많은 아빠 무언가 하나라도 이루어가고 싶었다. 하지만 사람들로부터 인정받는 도공이 된다는 거 쉽지가 않더구나!

그런데 이렇게 10년이란 세월이 지나고 보니, 곧 너의 곁을 아주 떠나게 되는 길목에 서보니 이런 생각이 들어.

꿈이란 무엇이고 이루고 못 이루는 것의 기준은 무엇일까 하는.......

행복이란 멀리 있는 것이 아니었어. 주어진 생활에 최선을 다하며 열심히 사는 것이 곧 행복이란 걸 이제야 아빠 느끼게 되었단다.

근데 아빠에겐 시간이 없고 너에게 10년이란 시간 동안 아픔을 줘야했다. 지은 이 죄를 어쩌면 좋을까?

10년 전으로 돌아갈 수 있다면, 아니 5년, 3년, 1년....... 아니 단 한 달만이라도, 그것도 과한 욕심이라면 단 일주일만이라도 옛날로 돌아갈 수 있다면 너를 목마 태우고 봄 햇살 내리쬐는 언덕을 찾고 싶어. 엄마에게 사랑한다는 말 속삭이고 그 손 꼭 잡고 푸른 하늘을 함께 보고 싶어.

아빠에게 널 사랑할 수 있는 기회를 줄 수 있겠니?
단 며칠이라도 좋으니 너를 사랑할 수 있는 시간을 줄 수 있겠니?
사랑하는 것이 이처럼 간절한 것인 줄 왜 진작 몰랐을까?
사랑해주지 못해 미안해.
더 사랑해주지 못해 미안해.
너를 지켜주지 못해 미안해.
너와 함께 해주지 못해 미안해.
못난 아빠 만나게 해서 미안해.

행복해야 한다.
우리 아영이 꼭 행복해야 해.
다음 세상에선 너의 하늘이 되고 너의 풀꽃이 되어줄게.
바람이 되어주고 향기가 되어줄게.
살아서 해주지 못한 사랑
다음 세상에선 언제든 쉴 수 있는 아름드리나무가 되어줄게.

아빠 딸 아영아.

네가 있는 곳이 천국이었고

너와 함께 하는 것이 행복이었어.

아빠가 미안해.

가여운 나의 아가.

아빠가 정말 미안해.

푸른 하늘 따사로운 햇살을 좋아했던 아빤 언덕 위 아름드리나무
가 되었을 것입니다. 그리고 누가 뭐래도 아빤 세상 그 누구보다도
더 멋지고 훌륭한 분이었습니다. 최선을 다해 노력을 한 도공이었고
비록 함께 해주지는 못했지만 마음만큼은 늘 함께 한 아빠였습니다.

좋은 것만 눈에 담고 아름다운 것만 가슴에 담고 살아갈 것입니다.

아빠 말처럼 더 사랑하며 살아갈 것입니다.

아빠의 딸로 태어날 수 있어서 너무 자랑스럽습니다.

저자와
협의하여
인지 생략

바람은 빈 술병속에서도 운다

지은이 | 배정록
펴낸이 | 一庚 장소님
펴낸곳 | 답게

초판 발행 | 2017년 9월 20일
초판 인쇄 | 2017년 9월 24일

등 록 | 1990년 2월 28일, 제 21-140호
주 소 | 04994 서울시 광진구 면목로 29(2층)
전 화 | (편집) 02) 469-0464, 02) 462-0464
         (영업) 02) 463-0464, 02) 498-0464
팩 스 | 02) 498-0463

홈페이지 | www.dapgae.co.kr
e-mail | dapgae@gmail.com, dapgae@korea.com

ISBN 978-89-7574-294-1

ⓒ 2017, 배정록

나답게 · 우리답게 · 책답게